Christel Maria Schmitz-Weidhofer

Tagebuch einer masurischen Merjell

Von Ostpreußen bis zum Niederrhein

© 2011 Christel Maria Schmitz-Weidhofer
Auflage 1

Autor: Christel Maria, Schmitz-Weidhofer
Umschlaggestaltung, Illustration: Christel Maria Weidhofer

Verlag: tredition GmbH
ISBN: 978-3-8424-0075-7

Printed in Germany

Bibliografische Information der Deutschen Nationalbibliothek: Die Deutsche Nationalbibliothek verzeichnet diese Publikation in der Deutschen Nationalbibliografie; detaillierte bibliografische Daten sind im Internet über http://dnb.d-nb.de abrufbar.

Waiden 1935

Erinnere ich mich, oder weiß ich's vom Hörensagen? Ich bin bald 3 Jahre. Meine Haare müssen runter, Herrenschnitt. Dann die lieben Nachbarn und Verwandten: "Na Bubi", sie kneifen mich in die Wange. "Ich bin kein Bubi, ich bin ein Mädchen und heiße Christel." Ein Brüderchen ist geboren: Ullrich mit 2 l. Unsere Nachbarin Frl. Smollig fragt: "Sind Mutter und Kind gesund?". "Ja, danke" witzelt mein Vater, "meine Frau schon, aber der arme Junge". "Um Gottes Willen, was fehlt ihm denn?" Papa sagt: "Es fehlt ihm nichts, im Gegenteil, er hat 11 Finger".
Ebenfelde, wann war eigentlich der Umzug? Der war wohl im Spätherbst 1935. Ich sammle Holz, das auf der anderen Straßenseite gestapelt ist und räume es bei uns im Hof ein. Papa wundert sich. "Woher holst du das?" "Na von da drüben", "Bring das sofort wieder zurück!" Also, da will man schon helfen und das ist der Dank.
Kann mich an die Küche und das große Wohn-Schlafzimmer erinnern. Da steht ein schöner großer Kachelofen. Ich knie vor Muttis Bett und bete: "Lieber Gott, mach meine Mutti wieder gesund." Dann kommt der Arzt und schneidet Muttis Brust auf, Eiter fließt; aber das Gebet hat geholfen. Mutti wird wieder gesund und kann Erbsensuppe kochen. Ich esse sie so gern. Die neuen Nachbarn rufen mich auch, wenn es mein Leibgericht gibt.
Weihnachten zum ersten Mal in der Kirche. Herrlich feierlich, und sie singen so schöne Lieder. Da sind Mädchen, die tragen große Kerzen mit Spitzentüchern, wo sie die Kerzen anfassen. Frau Pietrowski hat ein Baby bekommen und ich darf es sehen. "Warum ist es so rot?" frage ich. "Der Storch hat es durch den Kamin geworfen."
Ich: "Aber der ist doch schwarz". "Na wir mußten das Baby so schrubben, darum ist es rot."

Opa Gottlieb, der Vater von Mutti, besucht uns an Weihnachten. Er spielt Weihnachtsmann und bringt mir viele Sachen aus der Küche, Wurst und Käse und Pfefferkuchen. Ich spiele natürlich mit, weil ich ihm eine Freude machen will. Er fährt bald wieder weg nach Gorlowken. Onkel Fritz schenkt mir eine kleine Puppe, in einem Weidenkörbchen. Wir haben einen schönen Tannenbaum, man kann sich in den Kugeln spiegeln. Die Mutti hat Pfefferkuchen für die bunte Tüte gebacken. Die Tüte ist aus braunem Papier. Es gibt auch eine Apfelsine.

Wann war das noch? Es ist noch sehr kalt und der Kachelofen wurde noch geheizt. Der Ullrich krabbelt auf dem Fußboden und ich passte auf. Der Kachelofen ist noch nicht geschlossen, nur die erste Tür, die rot glüht.

„Warum ist der Ulli nur so auf rot versessen?" Seine Hände schmoren an dem roten Türchen. Ein Geschrei und ich kriege meine erste Haue, aber warum nur?

Es wird Frühling und Pietrowskis schicken ihre Kühe auf die Weide. Vorher lecken sie unsere Fensterscheiben ab. Die Mutti ärgert sich und schimpft.

Oben in der Oberstube steht das Untergestell eines großen Schlittens. Ich weiß nicht, wie das gemacht ist, aber ein Strohsack und viele Federbetten liegen darauf. Hier schläft unser Untermieter, ich glaube das ist Papas Bruder Onkel Otto. Er arbeitet auch auf Petrowskis Ziegelei, genau wie Papa.

Hier oben wird auch mal Hochzeit gefeiert, d.h. auf der anderen Seite des Bodens. Am Polterabend kommt eine Ladung Scherben herunter, genau auf mich. Warum schaute ich da auch so neugierig.

Was weiß ich noch von Ebenfelde? Ein Herr Koslowski kommt mit einem Grammophon. Endlich wieder Musik! An dem Apparat ist ein großer Trichter und der Mann kurbelt

an einem Griff. Haben wir den schönen grünen Glasaschen-
becher und die braunen gläsernen Kompott-schalen von ihm?
Gleich beim Hauseingang rechts wohnen Leute, die haben
einen Jungen, der ruft nur immer: "pua pinka". Was heißt das
nur? Und den soll ich mal heiraten. Niemals. So eine Ge-
meinheit.

Es ist nicht weit zur Ziegelei und ich will den Papa besuchen.
Er ist auf dem Ringofen. Aber da sind die vielen Gänse und
der Ganter will mich beißen. Also renne ich um mein Leben.
Der Ganter immer hinter mir her. Endlich bin ich auf der Treppe die zum Ringofen führt. Jetzt bin ich gerettet. Rettung tut
auch not. Dort wo Holz gestapelt liegt, ist auch ein großes Klo
aus Holz gebaut. Der Klositz ist für mich doch zu groß und ich
rutsche immer tiefer rein. Ich halte mich mit den Armen und
Händen am Sitz fest und schreie. Endlich packt mich einer
und erlöst mich.

Ich bin krank und blieb tagsüber im Bett, aber in Muttis. Jetzt
muß ich essen. Der Wohnzimmertisch steht am Giebel der
Ehebetten. Also knie ich mich hin und erreiche die Tischplatte
mit dem Teller. Der hat ein blaues Muster und einen goldenen Rand. Rührei gibt es. Ich esse es so gern.

Es ist Sommer. Mutti spült Ullis Windeln im Bach. Das geht
richtig prima. Und nun sind auch die anderen Wäschestücke
gespült und Mutti nimmt den Korb und wir gehen nach Hause.

Frühjahr 1936 - Umzug nach Johannesburg bei Stradaunen.
Es ist ein großes Gut mit einer Ziegelei. Wir werden in einem
Haus wohnen mit drei Hauseingängen und drei Fenstern. Natürlich wohnen da schon zwei Mieter. Der Umzug dauert eine
ganze Weile. Ich darf draußen spielen. Aber dann will ich ins

Haus. Welche Tür nehme ich nur? Am besten gleich die erste links.
"Na, wer bist du denn?" werde ich empfangen. "Nimm mal die nächste Tür, da sind deine Eltern."

Wir haben ein großes Wohn- Schlafzimmer mit einem hohen Kachelofen. Das große Fenster zeigt nach hinten zur entfernten Straße. Draußen sehe ich auch die Wasserpumpe für Trinkwasser. In der Küche haben wir auch viel Platz, und die Möbel sehen so hübsch aus. Sie sind hellgrün. In der Ecke zum Kamin hin steht ein gemauerter Herd. Zum Boden kommt man über eine Holztreppe im Flur. Der Vorboden ist nur durch einen Maschendraht von den Nachbarn getrennt. Aber die schone große Oberstube ist abzuschließen.

Man kann von hier weit schauen bis zur Straße, die nach links in Richtung Stradaunen und Lyck und nach rechts in Richtung Treuburg geht.

Wenn Mutti Brot gebacken hat, wird hier oben auf hölzernen Gestellen das Brot gelagert. Manchmal ist ein rundes Loch im Brot, da war eine Maus drin. Wir benutzen das große Zimmer sonst nicht.
In der Küche an der Herdseite steht die Wasserbank. Darauf stehen zwei zugedeckte Eimer mit Trinkwasser. Der Stüppel zum Schöpfen steht daneben. Papa holt das Wasser jeden Tag von der Pumpe. Unter der Bank steht der Patscheimer, da kommt das gebrauchte Wasser hinein. Das wird jeden Tag draußen ausgekippt. Wenn man aus dem Küchenfenster schaut, sieht man gar nicht weit geradeaus die Ziegelei mit dem hohen Schornstein, den Trockenschuppen für die Ziegel und den Ringofen. Wenn ich den Papa dort besuche, muß ich erst den Berg hinunter, über einen hölzernen Steg, der über einen Graben führt und dann wieder einen Berg hoch.

Uns gehört auch ein gemauerter Stall. Oben liegt Heu und Stroh. Unten haben die Hühner ihren Platz und unser Schwein.

Unser Klo steht draußen. Es ist aus Holz gebaut und abschließbar. Es darf nur von uns benutzt werden. Die Mutti scheuert es jeden Sonnabend mit heißer Lauge. Es ist immer bltzblank.

Wir haben auch einen Holzschuppen. Im Frühjahr legt Papa daneben einen Garten an. Den Zaun flechtet er mit Weidenruten. Er baut auch zwei Bienenkörbe.

Ein riesiger Birnbaum steht am Rande des Gartens. Da wachsen kleine Birnen drauf. Wir nennen sie Gruschken. Im Herbst werden sie getrocknet, immer wenn der große Backofen unter dem Herd auskühlte.

Die Namen unserer Nachbarn weiß ich nicht mehr. Auf der linken Seite sind zwei Jungen und große Schwestern. Rechts die Leute haben auch Kinder und ein Tier, das sie in einem runden Gerät halten. Das Tier läuft und läuft und das Rad dreht sich immer. Mit einem Mädchen spiele ich oft „Mensch Ärgere Dich Nicht".

Im Sommer legt die Hausfrau das frische Brot zum Auskühlen in die Äste des Fliederbaumes.

Sommertags geht der Papa mit mir wilde Erdbeeren sammeln. In der Nähe der Ziegelei wachsen so viele und sie duften so gut. Es ist wieder Sonntag und der Papa hat Zeit. Er nimmt eine Angel mit und wir gehen zum Dunai, das ist ein kleiner, tiefer See im Wald. Man muß über eine Wiese, den Berg hinunter, wieder einen Berg hinauf und wieder runter.

Da liegt der See. Er sieht sehr dunkel und tief aus. Papa fängt einen Raubfisch, einen Hecht. Er hängt ihn über seine Schulter und der Fisch reicht ihm bis zum Po.

Wenn Papa auf der Ziegelei arbeitet, hat er einen ganzen Anzug an, also mit Ärmeln und Hosenbeinen. Er wird vorne zugeknöpft.

Während des Sommers werden Ziegeln von Hand geformt. Aber der Lehm wurde erst weich gemacht. Das geschieht in einem Mahlwerk, das von zwei Pferden bewegt wird. Sie laufen dann immer in die Runde und das Mahlwerk quetscht und knetet den Lehm. Dann wird der Lehm vom Ziegeleiarbeiter in eine Holzform gedrückt und fest und glatt gemacht. Es sind immer zwei Ziegel in einer Form. Die Ziegel werden ausgekippt und später in Trockenschuppen gebracht, damit sie den Sommer über trocknen können.

Auf dem Gutshof wohnen in einem schönen großen Haus der Major Ger. mit der gnädigen Frau und ihrem Sohn. Sie haben einen riesigen Garten mit Teich und Insel und einen großen Hof mit Stallungen und einer Scheune. Einmal hat es im Stall gebrannt. Neben dem Gutshof steht noch ein kleines Haus. Dort wohnen Leute, die auf dem Gut arbeiten. Ich glaube der Mann ist ein Schmied. Sie haben einen großen Sohn. Wo unser Stall steht, haben auch noch andere Leute ihre Hühner drin, aber jeder hat einen eigenen Eingang. Dahinter steht ein Wohnhaus aus Holz. An jeder Längsseite wohnt eine Familie und auf der Giebelseite auch eine. Dort steht neben dem Eingang eine Bank. Am Abend sitzen dort die Großen und reden. Manchmal spielt einer Schifferklavier. Das ist so schön, daß wir gar nicht nach Hause wollen. Ulli versteckt sich unter der Bank, wenn er merkt, daß die Mutti uns holen kommt.

Die Leute auf der Längsseite in dem Holzhaus haben einen Lehmfußboden und schmeißen die Gräten und alles andere einfach aus den Boden. Bei uns darf man das nicht. Wir haben Holzdielen. Ach, die Mutti putzt und arbeitet viel. Für die große Wäsche holt sie das Wasser mit zwei Eimern vom Dunai. Das ist weiches Wasser. Sie hängt sich dann so einen hölzernen Bügel, eine Pede, über die Schultern. An jeder Seite ist eine Kette mit Haken, daran werden die Eimer gehängt. Es ist ein langer Weg und das Wasser sehr schwer, manchmal holt der Papa das Wasser, aber er hat ja auch mehr Kraft.

Im Winter gehe ich gerne mit. Dann ist alles verschneit. Mutti hat Holzklumpen an und außer der Pede mit den Eimern noch eine Axt mit. Damit schlägt sie das Eis auf. Aus dem Loch im Eis schöpft sie dann das Wasser.

Überhaupt ist der Winter hier schön. Man kann gut Schlitten fahren. Besonderen Spaß macht es mit den Schlitten Karussel zu fahren. Die großen Jungen rammen einen Pfahl mitten in das Eis unseres Sees. Daran wird drehbar ein langer dünner Baumstamm befestigt. Am hinteren Ende wird ein Schlitten nach dem anderen angebunden und wir Kleinen sitzen darauf. Die Großen haben Schlittschuhe an und drehen den Stamm im Kreis. Es ist ein Riesenspaß auf dem Schlitten hin und her zu schleudern.
Es ist Sommer. Mein Cousin Werner kommt zu Besuch. Er ist etwa 10 bis 11 Jahre alt. Überall schnüffelt er herum. Einmal nimmt er mich mit zum Dunai und springt von einem großen Stein aus in den See. Er bringt eine handtellergroße Muschel heraus. Mit einem Stein schlägt er sie auf und zeigt mir den Inhalt. "Ih, wie eklig."

Der Papa hat auch Ärger mit ihm. Werner zieht sich nackt

aus, weil er austrat. Einen Haufen nach dem anderen macht er genau auf den Steg über den der Papa zur Ziegelei ging. Papa verhaut ihm ordentlich den Hintern. Werner besucht uns erst einige Jahre später wieder.

Die Ziegelei gehört dem Gutsbesitzer und Papa ist der Zieglermeister. Es sind auch noch Tagelöhner beschäftigt. Einer oder zwei sind sogar bei uns in Kost. Der eine heißt Franz und stammt aus Ungarn. Weil wir so viele Leute sind, muß Mutti oft Brot backen. Das teigt sie am Abend an und am nächsten Tag schüttet Papa sehr viel Mehl in den großen Trog. Dann kommt noch heißes Wasser dazu und Salz und Kümmel. Später knetet Papa den Teig. Weil der Brottrog auf einer Bank steht, kann Papa mit seiner ganzen Kraft bis an die Ellbogen in den Teig hinein. Er macht dann immer Fäuste und drückt sie in die Teigmasse. Danach formt er die Brotlaibe. Er hält so einen Laib auf dem Unterarm, damit man bewundern kann, wie gut er geworden ist. Auf einem Brett müssen sie nochmals gehen und werden dann ihn den geheizten Backofen geschoben. - Im ganzen Haus duftet es köstlich. Ich esse es am liebsten frisch, ohne alles oder mit Leberwurst und Mostrich. Sehr gut schmeckt es auch mit Butter und Tilsiter Käse. Das ist der Käse mit den unegalen Löchern. Manchmal macht die Mutti Quark. Dazu stellt sie die dicke Milch an eine warme Stelle auf dem Herd. Nach einiger Zeit setzt sich das Dicke von der Molke ab. Es wird auf ein dünnes Tuch gelegt, damit die Molke ablaufen kann. Der Quark, den wir Glumse nennen, schmeckt abgekühlt mit Salz, Kümmel und Sahne verfeinert, besonders gut. Ich glaube man kann daraus auch Kochkäse herstellen, wenn man der Quarkmasse etwas Natron zufügt.

Jetzt wohnen wir weit weg von der Oma. Aber manchmal fährt der Papa mit mir nach Regelnitzen. Ich sitze dann auf dem Gepäckträger seines Fahrrades. Es ist sehr unbequem. Auf dem Rückweg müssen wir wieder durch Lyck. Ist das eine schöne Stadt! Im Schaufenster eines Spielzeugladens sehe ich ein kleines Badezimmer. Ich möchte es gerne haben. Aber der Papa hat nicht so viel Geld. Wenn ich so ein Weilchen am Schaufenster stehe, freue ich mich auch. Nächstes Mal darf ich wieder gucken. Papa hält an einer Gaststätte. Ich kriege ein Glas dunkles Bier und ganz dünne, lange Würstchen. Wie gut das schmeckt! Ein andermal holen wir auf dem Rückweg noch Amerikaner beim Bäcker. So ein schönes Geschäft ist das, mit einem großen Schaufenster und gläsernen Schränken. Die Tür ist über Eck. Es sieht richtig lustig aus.

1937 kriegen wir einen kleinen Bruder. Er schreit viel, meistens in der Nacht. Papa ist sehr müde und das Geschrei stört ihn. Deshalb stellt er das Körbchen mit Gerd in die Küche, aber mir tut er leid und ich hole ihn wieder rein. Am Tag steht er schon stramm auf seinen kleinen Beinen und hopst immer auf Muttis Schoß. Mutti tun die Arme weh, denn sie muß ihn festhalten. Wenn sie ihn weglegt, brüllt er wieder.

Ich spiele gerne mit den anderen Kindern. Wir spielen oft Vater, Mutter, Kind und ich bin meistens das Kind. Aber es geht gar nicht richtig, weil Mutters Brust so flach ist. Außerdem schmeckt sie nach Salz und Sonne.
Einmal ist für kurze Zeit die Wohnung links neben uns leer. Wir Kinder schauen uns alles an. Oben im Zimmer steht ein Kanonenofen. Da braten wir uns Kartoffelflinsen auf der Ofenplatte. Die schmecken prima. Irgendwann wird auf dieser Hausseite eine Hochzeit gefeiert. Wir schauen von draußen in das erleuchtete Zimmer und hören schöne Tanzmusik. Auch eine Beerdigung findet dort einmal statt. Die Leute sind schwarz gekleidet. Die Menschen sehen traurig aus. Da se-

hen wir viele Blumen und die Mutti sagt, daß es Astern sind. Und immer im Herbst, wenn ich Astern sehe, fällt mir dieser Trauerfall ein.

Es ist Winter. Der Papa ist irgendwo unterwegs. Vielleicht ist er in Regelnitzen bei seinen Eltern. Abends geht es der Mutti gar nicht gut, sie friert so und legt sich ins Bett. Ich fülle in der Küche leere Bierflaschen mit heißem Wasser und lege sie dann rings um die Mutti. Dann schläft sie ein und ich gehe auch zu Bett. Nachts spüre ich jemand an meinem Bett. Der Papa schüttelt mir nochmals mein Federbett auf: seine Art danke zu sagen

Im Frühjahr 1938 komme ich in die Schule in Stradaunen. Es ist alles so groß und schön. Einige Kinder haben eine Schultüte. Aber ich kriege ein Marzipanei. Ich freue mich, aber ich weine auch und weiß nicht warum.
Jetzt gehe ich jeden Tag 3 km zu fuß nach Stradaunen zur Schule. Die Schule macht mir Spaß und ich lerne ein Gedicht zum Muttertag.

Auf ihrem Schoß sitzend sage ich es der Mutti auf:

Kein Vogel sitzt in Flaum und Moos
in seinem Nest so warm.
Wie ich auf meiner Mutter Schoß
in meiner Mutter Arm.
Und tut mir weh mein Kopf und Fuß,
vergeht mir aller Schmerz,
Gibt mir die Mutter einen Kuß
und drückt mich an ihr Herz.

Während ich das Gedicht aufsage stehen vor dem Fenster die Kinder des Nachbarn und lachen mich aus und ich weine wieder, aber die Mutti weint auch, aber warum?

Es ist Winter. Die Mutti hat mir einen schönen Mantel genäht und den Fuchskragen von ihrem eigenen Mantel dran genäht. Ich bin stolz, so einen schönen Mantel zu haben. Es liegt Schnee und ist kalt. Nachts bringt der Papa die Mutti auf dem Rodelschlitten eingepackt an die Straße. Dort holt ein Auto sie ab und bringt sie ins Krankenhaus nach Lyck. Am nächsten Tag versorgt uns der Papa. Das kann er gut. Nur meine Zöpfe werden zu lose geflochten und in der Schule weine ich wieder. Fräulein Kühn, meine Lehrerin, flechtet sie noch einmal und schon lache ich wieder.

Dann kommt eine Tante für ein paar Tage zu uns bis Mutti wieder gesund ist.

Im Gasthaus in Stradaunen findet Weihnachten 1938 eine Weihnachtsfeier statt. Ich darf mit den großen Kindern mitgehen. Sie wollen mich wieder nach Hause bringen, wenn die Feier aus sein wird. Es wird schon sehr dunkel sein. - Aber nach der Feier finde ich die Kinder nicht und mache mich allein auf den Weg und ich habe gar keine Angst. Die Chaussee ist frei, aber links und rechts der Straße ist alles verschneit. Es ist auch gar nicht so dunkel, denn der Mond scheint. Am Rande des nahen Waldes sehe ich ein paar Rehe stehen. Sie schauen zu mir herüber und laufen nicht weg. Vielleicht passen sie zusammen mit dem Mond auf, daß ich sicher nach Hause komme.

Jeden Morgen vor der Schule gehe ich mit der großen Milchkanne zum Gutshof. Das ist nicht weit, aber ich tue es nicht gern. Der große Jagdhund vom Major schnüffelt immer an mir herum und ich habe Angst. Aber das darf er nicht merken, vielleicht beißt er dann. Noch schlimmer ist der Truthahn. Der plustert sich immer auf und tänzelt so herum und kommt immer näher. Am liebsten möchte ich ganz schnell weglaufen.

Ganz plötzlich stirbt der Major. Dann gibt es eine große Beerdigung. So viele Leute gehen den langen Weg bis Stradaunen zum Friedhof. Sein Pferd geht direkt hinter dem Sarg und hat den Kopf gesenkt. Sicher ist es traurig über den Tod seines Herrn.

Im Garten vom Gutshof stehen viele Obstbäume. Wir Kinder mögen besonders die schönen Äpfel. Aber wir dürfen nicht hinein. Wieder einmal leuchten die Äpfel. Es ist Herbst und sie sind reif. Die Gnädige Frau fährt für einige Zeit weg. Sie sagt einem Polizisten, daß er auf den Garten aufpassen soll. Das tut der auf ganz besondere Weise. Er ruft uns alle zusammen und geht mit uns in den Garten. Dann schüttelt er an jedem Baum und lacht. Wir dürfen nun die Äpfel aufsammeln und mitnehmen.
Zwischendurch fährt der Papa öfter mit mir nach Regelnitzen zur Oma. Der Opa ist dort Zieglermeister. Bei Papas Eltern wohnen noch Tante Ruth und Onkel Roly. Onkel Adolf, Onkel Otto und Onkel Hans wohnen auch im Kreis Lyck. Tante Lisa in Wachteldorf, Tante Greta in Lotzen und Tante Maria in Waiden. Mutti hat mir erzählt, daß Papas Eltern früher in Borschimmen gewohnt haben. Dort wohnten auch Papa und Mutti nach ihrer Heirat und ich bin dort geboren. Mutti hat viel von Onkel Roly erzählt. Eigentlich heißt er ja Karl. Er hat immer viel aus Ton modelliert. Viele verschiedene Tiere, auch Hände und Köpfe von Menschen. Malen und Zeichnen macht ihm auch großen Spaß. Aber jetzt macht er eine Kaufmannslehre in einem Herrenbekleidungsgeschäft. Wenn ich zu Be-

such komme und Roly hat Zeit, spielt er mit mir im Sandkasten. Ich habe ihn sehr lieb.

In Omas Wohnzimmer hängt ein Bild vom Alten Fritz, das hat Onkel Roly gemalt. Auf einem Ständer sieht man aus Ton modelliert den Kopf eines schönen Mädchens. Hier hat der Roly seine verstorbene Schwester Hildchen dargestellt. Einmal besucht uns Tante Martha, Muttis zweitälteste Schwester. Sie ist viel älter als Mutti und hat schon erwachsene Kinder. D.h. ihre Tochter Ruth ist an Lungenentzündung gestorben. Deshalb soll ich zu ihr gehen. Der Papa ist sehr dagegen und erzählt mir, daß es dort immer Bratkartoffeln und Satzirki zum Abendbrot gibt. (Milchsuppe mit Mehlklunkern) Genau wie bei uns. Ich mag es nicht. Ich mag auch nicht zu der Tante gehen und bleibe bei Mutti und Papa. Als uns einmal die Oma aus Gorlowken, Muttis Mutter, besucht, kriege ich Ärger. Beim Abschied nehmen soll ich die Oma küssen. Aber das will ich nicht, und weil Mutti fragt "Warum nicht?" sage ich: "Die Oma ist häßlich." Die Mutti gibt mir eine schallende Backpfeife. Aber ich hab doch nur die Wahrheit gesagt. Wenn die Oma den Mund aufmacht, sieht man, daß sie nur einen Zahn hat. Die Oma fährt bald wieder nach Gorlowken zurück. Im Jahr 1936 ist der Opa bei einer Reise nach Königsberg gestorben, deshalb lebt Oma jetzt mit der Familie ihres Sohnes Gottlieb auf dem Bauernhof. Diesen großen Bauernhof sollte einmal die Mutti erben, aber weil die Mutti keinen Bauern geheiratet hat, bekam Onkel Gottlieb den Hof.

Muttis ältester Bruder lebt in Gelsenkirchen, Onkel Hans mit Familie wohnt in Scheuba. Muttis Schwester Maria ist verheiratet und wohnt in Lyck. Ihre beiden jüngeren Brüder leben auch in unserer Kreisstadt. Wir sehen unsere Verwandten nur selten, denn nur Tante Martha besitzt ein Auto. Papas Bruder Adolf besucht uns einmal mit dem Motorrad und bleibt über Nacht bei uns. Deshalb nimmt er mich am nächsten Morgen mit nach Stradaunen. Ich sitze auf dem Tank und freue mich, dass ich 3 km Fußweg spare.

Wir haben nun das Jahr 1939. Ich bin schon sieben Jahre alt und in der zweiten Klasse. Um Fräulein Kühn zu helfen, darf ich den Erstklässlern beim Lesen behilflich sein. Mein Sitzplatz ist in der letzten Bank. Jetzt habe ich sogar eine Freundin. Sie wohnt etwas außerhalb von Stradaunen in einem hübschen Siedlungshaus und heißt Liselotte. Vor unserem Schulgebäude befindet sich eine riesengroße Grube. Sie dient uns Schulkindern als Pausenaufenthalt. Am 1. Mai findet hier auch allerhand Spiel und Spaß statt. Aber bald gibt es Sommerferien Dann bringt mich der Papa wieder nach Regelnitzen und ich darf sogar ein paar Tage bleiben.
Ich schlafe bei Tante Ruth im Bett am Fußende. Aber lieber schlafe ich bei Oma. Mit der Oma macht alles Spaß. Am Morgen gräbt sie Kartoffeln und legt sie in einen Drahtkorb. Dann gehen wir beide auf die andere Straßenseite zum See. Wir gehen ein Stück auf der Klattka entlang. Das ist ein Holzsteg, der in den See hineinführt. Oma hievt den Korb ins Wasser und bewegt ihn ein bisschen. Jetzt sind die Kartoffeln sauber und wir gehen wieder zum Haus. Vor dem Haus steht ein junger Birnbaum. Er hat nicht viele Früchte. Eine Birne kann ich gut erreichen, wenn ich auf die Bank steige. Aber ich halte sie nur fest und beiße mal rein. Weil sie noch nicht reif ist, lasse ich sie hängen.

Heute fährt Oma mit mir nach Lyck. Dazu kämmt sie mir die Haare und flechtet keine Zöpfe. Die Oma findet das schön. Ich aber nicht. Aber ich sage nichts und gehe mit ihr zum Bahnhof. Wie schön der ist! Er ist sehr groß und aus Wellblech und innen steht eine lange Bank. Endlich kommt die Kleinbahn und bringt uns nach Lyck. Wir gehen in die Stadt zum Einkaufen und besuchen auch Onkel Roly auf seiner Lehrstelle.

Bald ist der Sommer vorbei, denn wir haben schon Ende August. In der Nacht zum 1. September 1939 passiert etwas Seltsames: Jemand klopft an unser Schlafzimmerfenster. Papa steht auf und schaut nach. Ein Mann spricht zu Papa: "Weidhofer, Mobilmachung, packen Sie einmal Kleidung und Wäsche ein und seien Sie in einer Stunde an der Straße. Sie werden abgeholt." Der Papa geht also weg. Es ist Krieg, das bedeutet Mobilmachung. Jetzt kümmert Mutti sich um alles. Aber ich bin ja auch noch da. Am nächsten Tag sagt sie: "Paß schön auf die Kinder auf, ich gehe hinterm Wald Kartoffeln graben." Sie nimmt das Fahrrad, einen Sack und die Kartoffelhacke und fährt los. - Die Jungens schlafen und ich mach Kaffee und ein paar Stullen und packe alles in ein Netz und suche die Mutti hinter dem Wald. Sie freut sich über den Kaffee, schickt mich aber sofort zurück zu den Jungs. Die schauen schon aus dem Fenster und Gerd hat sogar die Hose voll. Ich stelle eine Schüssel mit warmem Wasser auf den Fußboden und ziehe Gerd die Hose aus. Dann muß der Ulli dem Gerd den Popo waschen. Ich räume alles weg und bin mit meiner Arbeit zufrieden.

In der nächsten Woche fährt die Mutti mit uns mit dem Bus nach Lyck und dann mit der Bahn nach Lotzen. Wir besuchen Muttis älteste Schwester Tante Emma. Ein paar Tage Urlaub für Mutti sind gut. Irgendwo bei Lotzen liegt Papa mit seiner Truppe. Vielleicht treffen sie sich auch. Ich weiß es nicht. Am Sonntag gehe ich in den Holzschuppen und hacke etwas Holz. Das heißt, eigentlich sind das dünne Äste. Sie werden zum Feuermachen gebraucht. Mir macht Holzhacken großen Spaß, aber die Mutti darf es nicht wissen, daß ich die Axt überhaupt in die Hand nehme.

Vom Krieg merken wir nicht viel. Nur steht einmal eine Gulaschkanone auf dem Gutshof und wir können uns dort Erbsensuppe holen. Es sind auch einige Soldaten da. Dann ist der Krieg gegen Polen vorbei und der Papa kommt nach Hause. Er war etwa vier Wochen weg. Während dieser Zeit ist er mit Muttis Bruder Gottlieb und seinem Schwager Otto, dem Mann von Tante Mariechen, zusammen gewesen. Kampfhandlungen hat Papa nicht mitmachen müssen.

In Johannisberg geht die Arbeit auf der Ziegelei weiter. Im Winter werden die getrockneten Ziegel gebrannt.

Wir haben das Jahr 1940. Ich komme in die 3. Klasse und bin 8 Jahre alt. Mein neuer Lehrer heißt Herr Schmandalla. Er ist sehr nett. Am 3. April hat Papa Geburtstag und ich erzähle es in
der Schule. Herr Schmandalla gibt mir für den Papa ein Tütchen mit Zigarren mit. Papa ist jetzt ohne Arbeit und sucht eine Meisterstelle auf einer Ziegelei. Warum Papa plötzlich arbeitslos ist, weiß ich nicht. Vielleicht ist es noch eine Folge des Krieges. Wir fahren im April nochmals zu den Großeltern nach Regelnitzen. Während wir auf der großen Straße in Lyck fahren, muß ich plötzlich austreten und Papa hält sofort an. Mitten auf der Straße ist eine kleine Insel. Sie ist umzäunt und hat unterhalb der Straße eine Toilettenanlage. Ich war noch nie auf so einem Klo und Papa sagt, ich soll mich nicht draufsetzen, weil man sich mit Krankheiten anstecken kann. Was es doch für lustige Sachen gibt. Nachher sprechen die Erwachsenen nur von Papas Arbeitssuche und sehen einige Angebote durch. Schließlich erwähnt Papa eine Ziegelei in Heilsberg. Oma ist entsetzt und fragt Papa, ob er in eine katholische Gegend ziehen will. Am Ende der Unterhaltung einigen sie sich Opa und auch Papa wollen nach Kalisch ziehen. Zum jetzigen Zeitpunkt weiß ich noch nicht, daß der Ort

in Polen liegt. Jetzt geht alles sehr schnell. Wir Kinder merken erst, daß es Ernst wird, als ein Lastwagen vorfährt und unsere Möbel aufgeladen werden. Wir fahren gleich mit und bleiben ein paar Tage bei Tante Mariechen in Walden. Am letzten Tag feiern wir Abschied von Ostpreußen und Tante Gisela, die Frau von Onkel Hans, macht uns noch Geschenke. Ich kriege eine große Puppe. Die Tante verkleidet sich als Pfarrer und tauft meine Puppe. Es ist alles so schön und feierlich und die großen weinen und sind traurig. Bald sitzen wir im Zug und fahren in eine neue Zeit. Während der Bahnfahrt schaue ich aus dem Abteilfenster und sehe eine große Stadt, einen breiten Fluß und eine große Eisenbahnbrücke. Mutti sagt mir, daß die Stadt Thorn heißt und wir gerade über die Weichsel fahren. Wach mehreren Stunden erreichen wir Kalisch. Weil ich schon gut lesen kann, lese ich auf einem großen Schild, das in der Bahnhofshalle hängt: "Kalisch - wieder deutsch."

Wir bleiben ein paar Tage in Kalisch und wohnen bei Oma und Opa. Aber wieso? Sicher sind sie schon länger in Kalisch. Sie wohnen jetzt in einem großen Haus zu dem einige Stallungen und eine Scheune gehören. Es gehört auch eine Ziegelei und mehrere Gärten dazu. Sicher ist der Vorbesitzer nach Deutschland gebracht worden. Wir kommen nach Schwarzau. Eigentlich heißt es Blaski. Auch hier sind die Eigentümer enteignet worden. Mutti sagt: Hier gehört uns nichts, nur unsere mitgebrachten Möbel. Wir wohnen in einem kleinen hübschen Haus, daß kein fließendes Wasser hat. Papa läßt verschiedene Sachen neu bauen. Wir haben jetzt ein Badezimmer, eine extra Toilette und eine Räucherkammer. Zum Haus der Familie Suvaila, so heißen die Vorbesitzer, gehören noch ein Holzhaus mit Reeddach, mehrere Remisen, 1 Scheune und Ställe für die Pferde, Kühe und Schweine. Auch hier läßt Papa einiges umbauen.

Zwei Obstgärten, einer davon mit einem Teich, ein großer Gemüsegarten und der Vorgarten vor dem Haus gehören dazu. Der Hof ist riesig, darauf steht eine Pumpe. Nachts wird der Hof von einem großen Hund bewacht. Er heißt Lapp. Auf deutsch heißt das Fass. Er läuft dann an einer langen Kette über den Hof. Zum Hof gehören auch einige Leute. Ein junger Mann, Marian, ist für die Pferde zuständig und wohnt im Holzhaus auf der Straßen seite. Der Brotzki ist schon etwas älter, er ist für die Schweine und Kühe da und wohnt im Holzhaus auf der Hofseite. Auf dieser Seite wohnen noch der Meister (Buchhalter) und der Maschinist. Nur der Brotzki ist bei uns in Kost. Er darf aber nicht mit uns zusammen essen, das ist verboten. Deshalb nimmt er sein Essen immer mit zum Holzhaus. Auf dem Hof laufen auch Hühner und Perlhühner herum. Außerdem ein Pfau und eine Pfauhenne. Abends sitzen sie auf den Bäumen und rufen.

Er ruft : "Frau, Frau, Frau" und sie : "Herr, Herr, Herr" .

Auf der Ziegelei, die etwas entfernt vom Wohnhaus liegt, arbeiten 70 Leute. Die Ziegelei wird maschinell betrieben. Hier in der Nähe befinden sich drei quadratische Karpfenteiche, die auch Suvallas Eigentum waren. Es gibt viel zu entdecken und zu untersuchen und es macht mir riesigen Spaß. Spaß macht es mir auch, mit den polnischen Kindern zu spielen, dabei lerne ich ein bißchen polnisch zu sprechen. Hier lerne ich Donata Rostalski kennen. Sie wohnt in dem großen Haus in unserer Nachbarschaft und ist etwa so alt wie ich. Die polnischen Kinder brauchen nicht zur Schule zu gehen. Also das finde ich ungerecht und gehe erstmal auch nicht, sondern besuche jeden Morgen Donata. Wir spielen so schön, und wenn es bald 12 Uhr ist, nehme ich meinen Schulranzen und gehe nach Hause. Das fällt erst nach drei Wochen auf. Der Rektor fragt den Papa, ob ich noch krank bin.

Wir spielen aber immer noch zusammen aber nachmittags. Es kommen noch einige andere Kinder zu uns auf den Hof.

Ein Junge kann nicht Christel sagen und nennt mich immer Krischa. Das ärgert mich furchtbar und ich nehme ein angebrütetes Entenei, das auf dem Misthaufen liegt und werfe es auf seinen Rücken. Der stinkende Inhalt läuft seinen Rücken hinunter.

Ich habe jetzt ein Zimmer für mich allein. Aber weil ich nachts immer Angst habe, bleibt die Tür zum Elternzimmer offen und das Licht an. Ich träume oft vom Teufel und wache dann auf und weine. Am Tage schäme ich mich für meine Angst, aber es hilft nichts. Im Spätherbst besucht uns die Tante Mariechen aus Masuren mit ihrem kleinen Sohn Bernd. Sie schlafen oben im Balkonzimmer und bleiben über Weihnachten bei uns. Onkel Otto kommt auch zu Besuch und es werden sehr lustige Tage, wenn Papa und der Onkel ihre Späße machen. Der kleine Bernd krabbelt auf dem Fußboden herum und erwischt eine Konservendose mit Petroleum und trinkt davon. Das gibt ein Geschrei. Der Arzt wird geholt und der behandelt den kleinen Kerl. Schließlich geht alles gut aus. Unser dummes Dienstmädchen Irene hat das Zeug auf den Fußboden in der Küche gestellt. Sie ist auch zu dumm, um Wäsche einzuweichen, denn sie legt weiße und dunkle Sachen zusammen in das Einweichwasser. Sie petzt auch, daß ich sie gestört hätte, als ihr Freund gekommen war. Aber das stimmte nicht und trotzdem hat mir mein lieber Papa mit der Reitpeitsche eins über die Beine gezogen. So etwas hat er vorher und nachher niemals getan.

Die Stadt Blaski ist eine kleine Stadt mit etwa 6000 Einwohnern. Hier gibt es eine Kirche und eine Synagoge, die ist aber zerstört. Wir haben ein Bürgermeisteramt, eine 8- klassige Volksschule mit dazu gehörendem Lehrhaus. Eine Molkerei, das 4 stöckige Polizeigebäude in dem auch Wohnungen für die Polizeiangehörigen sind.

Es gibt verschiedene Geschäfte und Gasthäuser und das sogenannte "Deutsche Haus". Alles steht um einen großen

Markt zu dem auch einige Parkanlagen gehören. Wie das Deutsche Haus früher hieß, weiß ich nicht. Es gibt noch einen Schlachthof und die Ziegelei. Nur einen Bahnhof haben wir nicht.

Es gibt ein Taxiunternehmen, von wo man mit der Kutsche zum 5 km entfernten Bahnhof fahren kann. Die Richtung der Bahnlinie verläuft in den Westen in Richtung Kalisch und Ostrowo. In östlicher Richtung geht es nach Lodz und nach Warschau. Aber für uns Kinder sind erst mal Haus und Garten wichtig. Oben im Haus halben wir ein großes Zimmer mit Balkon und ein kleines Zimmer. Hier steht ein leerer Schrank an der Wand und ich schiebe ihnre ein bißchen weiter. In der Schräge sehe ich eine kleine Tür und mache sie auf. Hier finde ich einen großen Karton mit wunderschönem Weihnachtsschmuck. Der gehört bestimmt Suvallas. Hier oben sind noch Dachfenster und ein großer Vorboden. Im Winter wird hier die Wäsche zum Trocknen augehängt. Die Mutti hat es jetzt leichter als in Masuren. Papa hat die Irene entlassen, weil sie gar nichts konnte. Jetzt haben wir eine ältere Frau. Sie heißt Nawrotzka und ist sehr lieb. Sie arbeitet im Haushalt und wäscht auch die Wäsche. Ihr Mann, der Nawrotzki, arbeitet auf der Ziegelei. Beide wohnen in Schwarzau. Wir sind größer geworden und müssen neue Kleider haben, deshalb bestellt Mutti eine Schneiderin. Sie kommt drei Wochen lang jeden Tag mit ihrer Schwester, die ihr immer hilft. Es gibt wirklich viel zu tun und ich schaue manchmal zu und finde es sehr interessant. Dann heiratet Marian. Seine Frau heißt Marianne und, obwohl das nicht erlaubt ist, wird die Hochzeit bei uns gefeiert. Es macht mir großen Spaß mit all den Leuten zusammen zu sein. Ich kann auch schon viele polnische Wörter. Sehr oft gehe ich zu Marian und seiner Frau in die Wohnung und darf mit den großen Leuten verschiedene Spiele mitmachen. Die polnischen Zahlen kann ich schon sehr gut, 100 heißt Sto. Papa und Mutti heißen August und Auguste.

Sicher nach einigen berühmten Leuten aus der Geschichte. Aber Mutti wird Ütchen gerufen. Ich habe meinen 2. Namen nach meiner Oma Maria erhalten. Und das kam so: Mein Vater war schon 22 als seine Mutter nochmals schwanger wurde. Papas Schwestern war das peinlich und sie verzogen sich als Tante Ruths Geburtstermin näher rückte. Aber Papa hat für seine Mutter gesorgt. Er hat ein Huhn geschlachtet und Essen gemacht. Die Oma war so froh über seine selbstlose Hilfe. Sie versprach ihm, für sein erstes Kind zu sorgen. Also sie hat mich als Baby drei Wochen gebadet. Später habe ich viel Liebe von Oma erfahren und ich danke ihr über den Tod hinaus dafür.

Vor Weihnachten 1940 fahren Mutti und Papa nach Lodz um für Weihnachten einzukaufen. Was die Jungens kriegen, weiß ich nicht, aber ich kriege mein erstes Buch, es heißt "Wie der Christbaum entstand". Meine Freude ist riesengroß. Für Mutti kauft Papa eine schöne Bernsteinkette. 1941 komme ich in die Klasse. Im vorigen Jahr haben wir noch die lateinische Schreibweise gelernt, früher schrieben wir in Sytterlin. Mein Bruder Ullrich besuchte von nun an auch die Schule. Er wurde am 21.3.1941 sechs Jahre.

Ich lerne jetzt auch ein paar deutsche Kinder kennen und in dem vierstöckigen Nachbarhaus wohnen jetzt nur Deutsche. Die ehemalige Wohnung von Donata Eostalskis Eltern bewohnen jetzt die Eltern meiner neuen Freundin Sophie. Wo Donata jetzt ist, weiß ich nicht. Sicher hat man ihren Vater nach Deutschland gebracht. Sein Beruf war Ingenieur. Schade, daß Donata weg ist, ich sehe sie überhaupt nicht mehr.

Ich darf Oma einmal in Kalisch besuchen und wir sehen uns die Stadt an. Auf einer Parkbank sehe ich eine alte Frau sitzen.

Sie hat auf ihrer schwarzen Bluse einen gelben Stern und ich frage die Oma warum die Frau das gemacht hat. Oma sagt: Das muß sie tun, denn sie ist eine Jüdin."

Als wir Kinder einmal bei uns zu Hause auf dem Hof spielen, kommt ein größerer Junge dazu und schenkt mir eine Apfelsine, wahrscheinlich will er mitspielen. Aber Sophie sagt sofort: "Das ist ein Jude". Warum sagt sie so etwas?

1942 werde ich zehn Jahre und komme in die 5. Klasse. Das heißt ich muß von nun an in die Mittelschule nach Kalisch. Am 27.3. habe ich Geburtstag und liege krank im Bett. Ich habe Nesselfieber. Mein Geburtstagsgeschenk ist eine schöne Trachtenkette aus Holz und ein rosa Schlüpfer. Ich freue mich so. Mit 10 Jahren muß man an Adolf Hitlers Geburtstag in die Jungmädchengruppe der BDM eintreten, und zwar am 20.April. Ich gehe ein paar Mal hin, zum Dienst am Mittwoch, aber dann bin ich Fahrschülerin und habe keine Zeit mehr. Mein Schulbus kommt immer am späten Nachmittag nach Schwarzau zurück. An einem Sonntagnachmittag fahren wie mit der Kutsche hinaus aufs Land, Wir besuchen eine Familie, die eine Bisamzucht betreibt. Diese Tiere sehen so lustig aus mit ihren zwei großen Zähnen. Ihre Felle werden zu Pelzen verarbeitet. Am Rande von Schwarzau fließt der Brennesselbach. Wir Kinder gehen hier manchmal baden. Aber das Wasser ist sehr niedrig, also es macht keinen großen Spaß hier zu baden und schwimmen kann man hier sowieso nicht. Kousin Werner besucht uns mal wieder und nimmt mich auf dem Fahrrad mit nach Gruschzize, Dort ist eine großes Schwimmbad. Leider liegt der Ort zu weit weg von Schwarzau um zu Fuß dort hinzugehen. In diesem Sommer passiert auf der Ziegelei ein großes Unglück. Ein Arbeiter springt von vorn auf eine mit Lehm beladene Lore, die in Richtung Ziegelei auf abschüssig verlaufenden Schienen fährt.
Er rutscht ab und wird von der Lore überrollt. Seine Beine sind kaputt. Die anderen Arbeiter laufen vor Schreck weg. Nur Papas resolutem Handeln verdankt der Verunglückte sein Leben. Und wieder hören wir Papas warnende Worte: Ihr

habt auf der Ziegelei nichts zu suchen. Aber wir sind schon mal sonntags, wenn Betriebsruhe ist, hierhin unterwegs. In der Nähe ist auch ein großes Erdbeerfeld, da lohnt es sich schon, da einmal nachzusehen. Wenn man alltags den Papa im Kontor besucht, steht auf seinem Schreibtisch meist ein Korb mit Erdbeeren. Das ist dann Papas 2. Frühstück. In das Maschinenhaus darf man nur vom Tor aus hineinschauen. Da steht eine riesige Maschine, eine Lokomobile. Sieht aus wie eine Eisenbahnlok. Sie hat riesige Räder, die über Treibriemen mit einer anderen Maschine verbunden sind. Im angrenzenden Teil des Maschinenhauses werden nämlich die Ziegel geformt. Auf der Rückseite des Maschinenhauses wird eine Lore mit Lehm angerollt, auf eine Drehscheibe gedreht und per Seilzug nach oben befördert. Der Lehm wird in einen Trichter gekippt, gemischt und nach unten befördert. Unten kommt er in einem langen Strang aus einer Form und wird mit zwei Drähten, die an einem Hebel befestigt sind, abgeschnitten. Es sind immer zwei Ziegel. Sie werden sogleich von einem Arbeiter auf eine Schubkarre gestapelt. Ist die Karre voll, wird sie im Trockenschuppen abgeladen. In diesem Jahr ist die Oma, Muttis Mutter, gestorben. Mutti fährt nach Masuren zur Beerdigung. Wir sind froh als sie gesund wiederkommt, denn die Reise nach Masuren ist doch sehr anstrengend und dauert viele Stunden. Zum Willkommensgruß male ich ihr ein schönes Bild.

Weil wir jetzt im Krieg gegen Rußland sind, werden viele junge Menschen als Soldaten eingezogen. Auch Onkel Roly muß nach Rußland an die Front. Onkel Otto und Onkel Hans sind schon da. Onkel Adolf ist in Frankreich stationiert. Muttis Brüder Fritz und Emil sind auch an der russsischen Front. Der Roly tut uns besonders leid, schließlich ist er noch so jung.

Ich stehe jeden Morgen sehr früh auf um mit dem Bus nach Kalisch zur Schule zu fahren. Sophie geht auch in diese Schule. Manchmal haben wir früher aus, dann besuchen wir

Oma. Ihre Wohnung liegt in der gleichen Gegend. - Durch Kalisch fließt der Fluß Prosna. Er ist ein Nebenfluß der Warthe und die fließt in die Weichsel.

Zurzeit kriegt die Prosna eine neue Uferbefestigung. Wir schauen eine Weile zu und stellen fest, daß die Arbeiter dafür Grabsteine von jüdischen Gräbern verwenden. Oma ist entsetzt, als wir ihr das erzählen.

In Schwarzau geht der Alltag weiter. Am Sonnabend teigt Mutti einen Hefekuchen an. Es wird ein Streuselkuchen. Wir essen ihn so gern. Als Mutti den Kuchen in den Ofen schieben will, stellt sie fest, daß er innen kaputt ist. Also wird der Kuchen, der auf einem großen Blech liegt, mit einem sauberen Tuch bedeckt und die Nawrotzka trägt ihn in die Stadt zum Bäcker. Unterwegs hat sie großen Ärger. Ein Hitlerjunge haut mit der Faust in den Kuchen hinein und jagt die arme Nawrotzka vom Bürgersteig runter.

Vom Spätherbst an muß ich nach der Schule in Kalisch bleiben. Mutti hat mich in feiner Pension angemeldet. Hier sind noch zwei andere Schülerinnen in Pension. Sonst würde ich morgens im Dunklen zur Schule fahren und abnends im Dunklen zurückkommen. Aber Samstag und Sonntag bin ich immer zu Hause.

Bei einem Bummel durch die Stadt höre ich plötzlich die Stimme von Josef Göbbels im Lautsprecher. Er schreit: „Wollt ihr den totalen Krieg?" Ich weiß nicht, was das bedeuten soll, aber es hört sich sehr schlimm an. Schließlich vergesse ich es wieder.

In Schwarzau sind jetzt viele Berliner untergebracht, weil sie vor den Bombenangriffen auf Berlin geflohen sind. Auch unser Balkonzimmer ist z. Zt. vermietet. Mutti hat eine ältere Frau mit Tochter und Enkel aufgenommen.

Im Mai 1943 wird Papa wieder zum Militär eingezogen.

Zuerst kommt er auf die KFZ Schule nach Bad Hersfeld. Sophie und ich kriegen zum Schuljahresende blaue Briefe. Unsere Versetzung ist gefährdet. Sophie geht von der Schule ab und besucht wieder die Schule in Schwarzau. Mutti redet mit der Klassenlehrerin und bringt ihr 1 Pfund Butter. Obwohl die anderen Schüler im Bus wissen, warum meine Mutter mit nach Kalisch fährt, ist mir das ganz egal. Ich muß immer meine Mutti anschauen und bin so stolz eine so schöne Mutti zu haben. Und im Juni wird die Mutti ein Baby bekommen.
Zur gleichen Zeit ist auch Sophies Mutter schwanger. Wir beiden Mädchen wünschen uns so sehr eine kleine Schwester. Aber das klappt nur bei Sophie. Wir kriegen einen kleinen Jungen. Er ist so süß und niedlich und lieb ist er auch. Zur Geburt kommt Muttis Schwester Maria aus Posen um Mutti beizustehen. Hansi wiegt 9 Pfund und hat so schöne blaue Augen. Später nehmen wir in Biologie den Menschen durch und meine Lieblingslehrerin, Frau Wonsiatzki, erklärt, daß der Mensch zuerst so klein wie ein Samenkorn ist. Aber das kann nicht stimmen, denn mein Brüderchen ist schon so groß. Der Papa hat ihn noch gar nicht gesehen. Im Spätherbst kommt er erst auf Urlaub, dann wird er ihn endlich liebkosen können. Mutti hat zu Hause entbunden, obwohl von staatlicher Seite gewünscht war, daß sie in ein Entbindungsheim geht. Zu Hause hat Mutti eine polnische Hebamme, die ziemlich gut deutsch spricht. Nur die Stillbescheinigung stellt sie auf eine sehr lustige Weise aus. Da steht z..B.: "Frau Weidhofer stillt ihr Kind mit eigener Brust".

Ich schlafe während Tante Marias Besuch im Wohnzimmer auf der Couch und Tante Maria in meinem Zimmer. Ich habe schon Sommerferien und die Tante nimmt mich für ein paar Tage mit nach Posen. Die Familie der Tante wohnt in der Litzmannallee im 1. Stock. Nachts gibt es einen Bombenangriff und die Tante nimmt uns mit nach unten in den Luftschutzkeller. Das sind außer Tante Maria und mir noch mein älterer Cousin Horst, der kleine Hans, Jürgen und meine Cousine Rosemarie. Ich habe solche Angst und weine ganz viel. Auch Rosi weint. Der Krach von den Bombeneinschlägen ist beängstigend. Dann kommt der Hausmeister und sagt zur Tante, daß es nur eine Luftschutzübung ist. Aber weil die Tante verreist war, wußte sie es nicht. Am nächsten Tag nimmt mich def Horst mit zum Rummelplatz. Dort fahren wir mit der Geisterbahn. Später besuchen wir das Palmemhaus und ich sehe zum ersten Mal eine Lotusblume. Als ich wieder nach Hause fuhr, brachte Maria mich zur Bahn und übergab mich einer NSV-Schwester.

Ich fahre von Posen nach Ostrowo im Süden, dann in Richtung Osten nach Kalisch. Von dort in Richtung Warschau nach Blaski. Von hier aus nimmt mich die Kutsche des Taxiunternehmers mit nach Schwarzau, nach Hause.

Von Oktober 1943 an bleibe ich wochentags in Kalisch. Ich wohne dann bei Oma in der Tschenstochauer Straße 91. Das ist sehr weit von meiner Schule entfernt, also muß ich viel und lange laufen. Samstags fahre ich immer nach Hause. Wenn ich mal außer der Reihe was in Kalisch brauche, läßt Oma anspannen und wir fahren mit der Kutsche in die Stadt. Nachmittags spielen Oma und Opa oft Karten mit mir. Das Spiel heißt 66. Ich wollte immer gewinnen, sonst habe ich schlechte Laune.

Vom Frühling 1944 an fahre ich wieder jeden Tag mit dem Bus zur Schule. Hier geht alles seinen gewohnten Gang, nur werden wir einmal in den Keller der Schule geführt, damit man sehen kann, wie schnell die Schüler im Ernstfall in den Luftschutzkeller kommen.

Morgens, meistens in der ersten Stunde werden Vitamintabletten verteilt. Die Lehrerin schüttet aus einem großen Glas runde Tabletten auf ein angeschlagenes sauberes Heft und eine Schülerin geht durch die Reihen und jedes Kind nimmt sich eine Tablette. Im Sommer haben wir in Schwarzau einen Raketeneinschlag. Die Leute sagen, das ist die V2. Viele Leute, so auch ich und mein Bruder, laufen hin und schauen uns das Riesenloch an, Menschen wurden nicht verletzt. Mehr weiß ich auch nicht. Nach dem Schulunterricht in Kalisch kann ich jetzt immer in den Kinderhort gehen bis der Bus fährt. Hier mache ich meine Schularbeiten oder ich zeichne und male und mache Laubsägearbeiten. Manchmal gehe ich auch ins Kino. Ich habe schon viele Filme mit Hans Moser, Heinz Rühmann und Theo Lingen gesehen. Sie machen so viel Spaß und ich kriege immer gute Laune.

Bei seinem Urlaub im Herbst erzählt uns Papa, daß er in Holland in vielen Städten unterwegs ist mit einem großen Armeelaster. Meistens ist er aber in Nimwegen. Er hat Mutti Hyazinthenzwiebeln mitgebracht. Von der Schule aus müssen wir diesen Herbst zu einem Ernteeinsatz .Es geht um die Kartofelernte. Mit einem Bus fahren alle Mädchen unserer Klasse in ein Dorf. Dort werden wir auf verschiedene Bauernhöfe aufgeteilt. Ich komme mit einer Schulkameradin zu ganz netten Leuten. Wahrscheinlich stammen sie aus Rumänien oder ähnlich. Das merkt man am Essen. Sie kochen ganz andere Sachen als bei uns zu Haus. Z.B. Klöße mit Mohn bestreut. Meistens essen wir Walnüsse und Apfel und Butterbrote. Manchmal müssen wir auf dem Feld Kartoffeln sammeln. Leider muß ich mit dem Mädchen im selben Bett schlafen. Das ist das Allerschlimmste für mich und ich beschließe, abzuhauen. Das Mädchen geht natürlich mit. Wir schnappen unsere Sachen, nehmen ein paar Äpfel mit und steigen ganz früh am Morgen aus dem Fenster.
Wir laufen durch den Wald und im Dorf nahmen wir den Bus nach Kalisch. Alles klappt prima, aber bei meiner Bahnfahrt von Kalisch nach Blski verpasse ich den Ausstieg. Und das

kam so: Im Zug saßen ein paar Polen, die unterhielten sich, daß im Warschauer Ghetto ein Aufstand gewesen ist. Und weil ich die Polen gut verstanden habe und sehr interessant fand, was sie sagten, sah ich gerade noch das Schild vom Bahnhof Blaski. Ich fing zu heulen an und die Polen fragten mich nach dem Grund. Sie waren sehr nett und beruhigten mich. Hier rangiert der Zug und wenn er dann ganz langsam ist, helfen wir dir auszusteigen. Es klappte prima und ich erwischte sogar noch das Kutschentaxi nach Hause. In der Schule kriege ich keinen Ärger, weil ich aus dem Ernteeinsatz abgehauen bin. Sicher hat das alles die Mutti geregelt. Die Lage an der Ostfront ist schlimmer geworden, deshalb bekam Papa im Spätherbst Urlaub. Er wollte uns aus Schwarzau wegholen und nach Mitteldeutschland bringen. Aber es war strickt verboten den Osten zu verlassen und so kehrte Papa nach Holland zurück. In diesem Winter bleibe ich nicht in Kalisch. Ich fahre jeden Tag nach Hause. Bei einer Schneeballschlacht unserer Klasse tut mir meine liebste Lehrerin leid. Und, weil sie da so alleine steht und alle Schülerinnen ihre Schneebälle auf sie werfen, gehe ich auf ihre Seite und Kämpfe gegen meine Mitschülerinnen.

Jetzt sind auch die Karpfenteiche an der Ziegelei zugefroren. Man könnte Schlittschuh laufen, aber ich habe keine. Mutti kauft mir ein Paar von einer Nachbarin. Ein Huhn für ein Paar Schlittschuhe. Es sind die Schlittschuhe von ihrem Sohn, der im Herbst an der Ostfront gefallen ist. Ich habe ihn gut gekannt. Er war noch sehr jung. Ich lerne sehr schnell Schlittschuhlaufen und es macht einen Riesenspaß. Vor Weihnachten kriegen wir Ferien bis zum 15. Januar 1945. Meistens verbringe ich die Ferien auf dem Eis. Ich nehme mir etwas zum Essen mit und halte mehrere Stunden aus.
Mit mir sind noch Sophie, Renate, Fritz, Bodo und Alfred auf dem Eis. Natürlich fehlt auch unser Ullrich und Sophies Bru-

der Willi nicht dabei. So geht die Zeit bis zum Ende der Ferien schnell vorbei. Aber Mutti will immer, daß ich ihr helfe Kleidung einzupacken. Wir werden flüchten müssen, die Ostfront kommt immer näher. Am 15. 1.1945 können wir endlich wieder zur Schule nach Kalisch fahren. Aber hier in der Klasse erfahren wir, daß die Schule erst nach dem Krieg weitergehen wird. Die Lehrerin schärft uns ein, daß wir auf dem schnellsten Weg nach Hause fahren sollen. Ich gehe zum Busbahnhof und treffe meine anderen Schulkameraden, jedenfalls die meisten, die montags bis freitags mit dem Bus mitfahren. Es ist noch früh am Tag, aber kein Bus zu sehen. Uns wird gesagt, daß kein Bus mehr in Richtung Osten fahren wird. Also müssen wir zum Bahnhof laufen. Das dauert eine ganze Weile, denn der Bahnhof ist schon einige Kilometer von der Innenstadt entfernt. Aber wir haben Glück und erwischen noch einen Zug der uns in Richtung Warschau, also über Blaschki fährt.

Als ich in Schwarzau eintreffe, ist es schon dunkel und Mutti ist froh, daß wir alle beisammen sind. "Hilf mir beim Packen!" sagt sie schon wieder. Ich verstehe nicht, warum. Aber am nächsten Morgen verstehe ich Muttis Bitte. Die ganze Stadt ist voller Soldaten und viele Militärfahrzeuge stehen in der Stadt. Meine Brüder Ulli und Gerd 10 und 8 Jahre alt, sind natürlich von den vielen Soldaten begeistert. Sie treiben sich in der Stadt herum, aber ich gehe wieder Schlittschuhlaufen. Am Nachmittag kriegt Mutti einen Telefonanruf von der Zentralstelle Ostdeutsche Baustoffwerke Kalisch, bei der Tante Ruth, Papas Schwester, im Büro arbeitet. Mutti soll einen großen Kohlenwagen mit zwei Pferden anspannen und alles was wir mitnehmen können aufladen, auch Futter für die Pferde. Dann sollen wir alle zusammen nach Kalisch zu Oma und Opa kommen.

Vor der ganzen Arbeit stand Mutti alleine da. Die Jungens trieben sich in der Stadt herum und ich war auch keine Hilfe.

Marian packte Kisten und Kartons auf den Wagen. Dann hat er eine Bank für uns gemacht und einen Sitz für ihn selbst, denn er sollte uns nach Kalisch bringen. Mutti ging noch zur Molkerei und zum Bäcker um Lebensmittel zu holen und brachte auch gleich die beiden Rumtreiber mit.

Eine Bedachung hatten wir nicht auf dem Wagen. Der 17.Januar 1945 war ein sonniger Tag und die Strecke bis Kalisch würden wir sicher schaffen. Als die Pferde angespannt waren und wir auf dem Wagen saßen und losfahren wollten, ließ uns der Maschinist nicht fahren. Er sagte, daß die Pferde auf der Ziegelei benötigt werden. Natürlich stimmte das, aber wir mußten doch weg. Also rief Mutti bei der Gendarmerie an und es kam ein Polizist und ordnete an, daß wir fahren durften.

Den Ernst der Lage begriff ich noch gar nicht und ich sang aus voller Kehle "Muß i denn, muß i denn zum Städele hinaus...."

Auf unserem Weg nach Kalisch sahen wir verschiedene Leute die zu Fuß unterwegs waren. Die Tochter des Taxiunternehmers lief nach Hause, also in Richtung Osten, nach Schwarzau. Sie war in einem Büro einer Firma in der Nähe von Kalisch beschäftigt. Auch eine Schülerin aus meiner Klasse, Genofefa mit langen blonden, krausen Haaren lief in Richtung Schwarzau. Sie hätte schon am 15. Januar nach Hause fahren sollen, wie es von unserer Schule angeordnet war. Wenn sie Schwarzau erreicht haben würde, mußte sie noch einige Kilometer in Richtung Süden in ein kleines Dorf laufen. Bevor wir Kalisch erreichten, ging uns noch das rechte Vorderrad ab. Aber Marian fand ein paar Helfer beim Rad aufhängen und so ging es bald wieder weiter. Am späten Nachmittag erreichen wir Kalisch. Hier angekommen können wir außer Opa, Oma und Tante Ruth noch Papas Schwester Lisa mit Ihren Kindern Willi, Herrmann, Rosi und Ruth begrüßen. Außerdem seine Schwester Greta mit ihren Kindern Eva, Margret und Sybille. Der Sohn Werner, von dem ich schon früher einmal berichtet hatte, war nicht dabei.

Wir schliefen alle noch eine Nacht in Kalisch. Am nächsten Morgen wurden die Wagen für unsere Weiterfahrt fertig gemacht. Der hintere Teil unseres Wagens wurde mit einer Plane bedeckt. Der vordere Teil erhielt eine Art Bedachung. Opa stellt auch zwei große Kohlewagen mit je zwei Pferden auf den Hof. Beide Wagen hatten eine vollständige Bedachung. Das Gepäck von Oma und ihren Töchtern aus Ostpreußen war schon aufgeladen. Nun konnten wir alle aufsteigen und losfahren. Opa und Tante Ruth fuhren nicht mit. Sie wollten am 19.1. mit einer Kutsche nachkommen. Zum Kutschieren hatte Oma zwei polnische Kutscher, und uns wollte Marian weiter nach Deutschland begleiten.

In Omas Nachbarschaft lebte eine Familie aus Sachsen. Der ehemalige polnische Mühlenbesitzer ist wahrscheinlich 1940 nach Deutschland geschickt worden. Die Mühle wurde von einem Herrn Staven geleitet. Seine beiden Söhne gingen auch in meine Schule. Die Familie stammte aus Pretzsch an der Elbe und das war genau das Ziel, das wir bei unserer Flucht hatten. Die Jungens von Staven konnten ihren Wagen selbt kutschieren. Den Herrn Staven habe ich nicht kennengelernt. Bei Staven fuhr noch eine junge Frau mit. Ich war sehr erstaunt in ihr meine Sportlehrerin zu erkennen. Na, jedenfalls konnte die Reise losgehen. Mit vier Wagen bildeten wir dann einen kleinen Flüchtlingstreck, der sich am 18. Januar 1945 auf den Weg nach Westen machte.

Wir fuhren keine Hauptstraßen, denn auf den Nebenstraßen war ein besseres Vorwärtskommen. Unsere Fahrt verläuft störungsfrei. Der erste Aufenthalt ist bei einer Molkerei. Alle Flüchtlinge werden in der Molkerei untergebracht. Wir schlafen auf dem Fußboden, nur die Kutscher bleiben bei den Wagen und schlafen auch darauf. Dann haben wir einen Stopp auf dem Marktplatz der Stadt Lissa. Es ist schönes Wetter und wir Kinder möchten gerne draußen herumlaufen. Aber das ist zu gefährlich. Hunderte von Menschen sind unterwegs und Kinder könnten sich verlaufen, deshalb fahren wir nach einer kurzen Rast wieder weiter. Nun wieder abseits der großen Straßen. Manchmal müssen wir aber auch auf stark befahrene Straßen ausweichen. Für die Kutscher ist das sehr anstrengend und die Pferde sind dann sehr nervös. Einmal sehen wir einen umgekippten Wagen. Das ganze Gepäck ist herausgefallen und ein Pferd hängt tot an der Deichsel. Wir sehen Menschen, die kleine Leiterwagen ziehen. Oft sitzen alte Omas drauf oder kleine Kinder. Schließlich hat nicht jeder einen großen Kohlenwagen.

Wir sind schon verschiedene Tage unterwegs. Immer machen wir abends in kleinen Orten Rast und versuchen eine Unterkunft für alle zu finden. Die Flüchtlinge werden dann von dafür eingesetzten Leuten auf Höfe oder Häuser verteilt. Nachts kann man kaum weiterkommen. Einmal wird unserem kleinen Treck das verlassene Haus eines Schneidermeisters zugewiesen. Jede Familie hat ein Zimmer, es ist sehr viel Platz da. Mutti macht uns erst mal Badewasser und badet dann selbst. Der Marian kippt das Wasser aus der Zinkbadewanne aus. Dann bekommt auch er eine Wanne voll Wasser und Wäsche von Papa, denn er war ja unvorbereitet mit uns auf den Treck gekommen. Aus Versehen oder weil sie sich freute, etwas gefunden zu haben, zog meine Kusine ein Kleid an, das dort so über einem Stuhl hing. Später stellte sich heraus, Daß es meiner Turnlehrerin gehört.

Mausi zog das Kleid aus und entschuldigte sich und alles war wieder in Ordnung. Im Keller des Hauses hatte die Hausfrau noch viele Gläser Eingewecktes dagelassen. Wir freuten uns, mal etwas anderes als Stullen essen zu müssen und verzehrten voll Genuß einige leckere Kirschen. Und weiter ging die Reise. Wir haken sogar einmal in einem Schloß übernachtet. Das heißt wir schliefen im Schloßkeller. Es war sehr interessant mit vielen anderen Flüchtlingen in den Kellerräumen zu schlafen. Aber in den oberen Räumern war auch alles voller Flüchtlinge. Es gab überall viel zu sehen, aber sonst war es doch sehr langweilig. Deshalb beschlossen meine Cousine Eva, also die Mausi, und ich, auf dem leeren Planwagen mit dem polnischen Kutscher mitzufahren. Das heißt, eigentlich war der Wagen ja voller Gepäck, aber mit dem Kutscher waren wir dann drei Personen. Es gab viel zu erzählen. Mausi war drei Jahre älter als ich, also 15 Jahre, und hatte allerhand Interessantes zu berichten. Sie fragte mich, ob ich wüßte, daß unsere Sippe im Jahr 1943 drei Kreuze bekommen hätte. Oma das "Mutterkreuz", weil sie 14 Kinder geboren und 9 davon aufgezogen hat.

Onkel Hans, Papas Bruder, weil er in Rußland gefallen war, also ein Kreuz für den gefallenen Soldaten, und Onkel Otto das Ritterkreuz, ein Orden für Tapferkeit vor dem Feind. Am Abend, als wir Unterkunft für die Nacht suchten, trennten Mausi und ich uns wieder. Am nächsten Tag sollten wir zusammen mit dem großen Flüchtlingstreck die Oder überqueren. Nach Lissa erinnere ich mich an Fraustadt, und jetzt sollte es über die Oderbrücke von Glogau gehen. Morgens standen wir alle auf der Straße und warteten. Auf der anderen Straßenseite standen die Kohlewagen, angespannt, mit der Front zu uns und neben den Wagen standen die Kutscher: Unsere Marian und Omas Leute.
Es war wie im Kino. Wir warteten, was passieren würde, denn die Kutscher wollten nicht weiterfahren Sondern zu ihren Familien zurück nach Polen. Sie hatten Nachrichten gehört und wußten, daß es in Kalisch Kämpfe gab und die Stadt brannte. Plötzlich erschien ein Mann in einer gelben Uniform. Also war

er von der NSDAP. Er war etwas dicklich und die Kleidung war ihm zu eng. Die schwarzen Stiefel und die Breecheshosen waren sehr unvorteilhaft für sein Aussehen. Aber am allerschlimmsten war, daß der Mann plötzlich an seine rechte Seite faßte und seinen Revolver zog. Er richtete die Waffe auf die drei Kutscher und sagte: "Entweder ihr fahrt sofort weiter, oder die nächsten drei Schüsse beenden euer Leben."

Wir fuhren weiter. Aber der Marian war so sauer. Omas beide Kutscher hatten ihn gezwungen mitzumachen, denn sie hatten zu Hause Familien, während Marian noch sehr jung und interessiert war, Deutschland kennenzulernen. Er war auch böse auf Tante Greta, die diesen Mann mit der gelben Uniform geholt hatte. Er sagte: "Sie ist nicht meine Schefowa, sie hat mir nicht zu befehlen." Er mochte die Tante gar nicht. Schließlich beruhigte er sich wieder. Seine ganze Aufmerksamkeit galt jetzt der Lenkung der Pferde. Wir fädelten uns in den großen Treck ein. Es ging sehr langsam und vorsichtig, denn es war eine unheimlich große Anzahl an Wagen unterwegs. Damit alles glatt vonstatten ging, waren etwa zwölf Reiter unterwegs, die den Treck auf der Brücke begleiteten. Es waren Kosaken. Sie sahen sehr verwegen aus, wie sie da mit ihren wehenden Umhängen auf den rassigen Pferden den Flüchtlingstreck begleiteten. Sie haben uns alle sehr beeindruckt und wir fühlten uns sicher und beschützt. Auf unserem Weg in den Westen kamen wir durch Städte wie Sagan und Sorft. Auch Forst und Guben lag auf unserem Weg. In Cottbus fanden wir für eine Nacht Unterkunft mitten in der Stadt bei einer älteren Dame. Die war sehr lieb zu uns und wir fühlten uns gar nicht als Flüchtlinge, sondern wie Verwandte. Zwei wunderschöne Orte waren die Dörfer Oberschönewalde und Niederschönewalde. Als wir durch Senftenberg fuhren, erinnerte ich mich an meinen Erdkundeunterricht in meiner Schule in Kalisch. Da lernte ich das Braunkohlegebiet bereits kennen. Wir waren noch viele Tage unterwegs und erreichten die Orte Elsterwerda und Liebenwerda.

In der Nähe von Torgau ließ Mutti den Wagen halten. Hier war ein großes Feld mit Rosenkohl und wir, d.h. Ulli und ich, sollten etwas Kohl ernten. - Kohl, der uns nicht gehörte. Wir pflückten eine ganze Kanne voll. Aber komisch war uns schon zumute.

Dann überquerten wir die Elbe und konnten in Torgau in der Mittelschule Unterkunft nehmen.

Am nächsten Morgen sind wir schon sehr früh losgefahren. Wir wollten unseren Zielort Pretzsch an der Elbe erreichen. Die Asphaltstraße befand sich in gutem Zustand. Sie war eine sehr wichtige Straße, denn sie verlief etwa so wie die Elbe von Süden nach Norden. Genauso verlief auch die Bahnlinie von Torgau über Wörblitz nach Pretzsch. Von dort aus kam man mit dem Zug bis nach Wittenberg. Hier gab es auch eine Elbbrücke. Ich erinnere mich an das Dorf Proschwitz. Wir hielten mit unserem großen Wagen an der rechten Seite der Straße. Nach einer Weile kam eine Frau mit einem großen Kuchenblech und teilte Streuselkuchen für alle Flüchtlinge aus. Vom Bürgermeister erfuhren wir, daß es in diesem Dorf eimen Bauernhof gab, der unbedingt Leute und Pferde brauchte um weitergeführt zu werden. Die Bauersleute von diesem Hof waren unlängst verstorben. Die Kinder, es waren drei oder vier, hatte man auf verschiedene Familien verteilt. Nur die alten Leute lebten noch und wohnten im Altenteilhaus.

Na, jedenfalls erreichten wir noch am selben Tag Pretzsch an der Elbe. Mir gefiel es hier sehr gut. Dicht an der Elbe stand ein großem schönes Schloß und in seiner Umgebung noch verschiedenen feudale Bauwerke. Hier befand sich auch das sogenannte Diätheim der Familie Staven. Mutti und wir Kinder bekamen ein schönes Zimmer. Auch die Oma und die Tanten mit ihren Kindern kamen hier unter. Jetzt warteten wir auf Opa und Tante Ruth, die ja mit der Kutsche nachkommen wollten. Mutti bot einer Gaststätte den Rosenkohl an. Dort haben wir dann auch zu Mittag gegessen. Wie oft das passierte, weiß ich nicht mehr. Ich hatte schon festgestellt, daß in der Nähe des Schlosses Eisflächen waren. Wozu hatte ich dann meine Schlittschuhe mitgenommen. Es war der 7. Februar 1945 und solange das Eis trug, nutzte man das natürlich aus.

Als Opa dann eintraf, entschlossen die Erwachsenen sich nach Proschwitz zurück zukehren. Eigentlich war es ein Glücksfall, daß wir hier untergekommen konnten. D.h. Tante Lisa fuhr mit ihren Kindern in die Nähe von Magdeburg. Dort wohnten ihre Schwiegereltern. Tante Greta und die drei Mädchen sowie Oma und Opa wohnten von nun an auf dem Bauernhof. Tante Ruth nahm sich ein Zimmer im Gasthof. Mutti und wir vier Kinder kriegten ein Zimmer bei Schuster Müller zugewiesen. Der Marian und Omas Kutscher waren extra untergebracht, aber darüber weiß ich nichts Genaues. Hier in Deutschland durften die Polen nicht mit den Deutschen zusammenbleiben. Natürlich mußten wir Kinder wieder zur Schule gehen und so machte ich mich jeden Tag auf den Weg nach Greudnitz. Das ist das übernächste Dorf. Das nächste Dorf hieß Wörblitz und besaß außerhalb des Ortes eine Bahnstation. Greudnitz war etwa 3 km von Proschwitz entfernt und hatte nur eine Volksschule. Damit ich meine Englischkenntnisse nicht vergaß, mußte ich ein paar Mal im Monat nach Wörblitz. Dort erhielt ich von einem Privatmann Englischstunden. Auf unserem Schulweg sahen wir sehr oft englische Flieger in Richtung Osten über uns fliegen. Hier passierte aber nichts. Zu meinem Geburtstag, am 27. März schenkte Mutti mir ein Schmuckkästchen aus Holz und ein Paar seidene Kniestrümpfe. Endlich konnte ich die langen Strümpfe ausziehen. Mutti war nach Dommitsch gelaufen, etwa 3 km südlich von Proschwitz. Dafür fuhr sie mit der Dommitscher Fähre über dien Elbe nach Prettin. Das lag auch noch ein ganzes Stück vom Fluß entfernt, so dass sie die gesamte Strecke auch wieder zurücklaufen musste. Und das alles für mich, für meinen 13.Geburtstag. Ich habe mich riesig gefreut. Mutti hat Papa einen Brief ins Feld geschickt, immer in der Hoffnung, daß er ihn noch bekommt und weiß wo er uns nach dem Krieg zu suchen hat. Das Dorf Proschwitz hatte eigentlich nur eine Dorfstraße. Es gehörten noch einige Häuser dazu, die an der Hauptverkehrsstraße Torgau - Wittenberg lagen. Beidseitig der Dorfstraße lagen Bauernhöfe. D.h. die Häuser standen mit dem Giebel zur Straße. Links das Haus des Bauern, rechts das Haus der Alten. Dazwischen eine lange hohe Mauer mit einem Hoftor für ein Fuhrwerk und einem Tor für die Leute. Die Fenster zur Straße gab es nur im 1.Stock. Unten gab es keine. An das Wohnhaus schlossen sich die Stallungen an, an das Altenteil Schuppen und dergleichen. Den Abschluß des Hofes bildete eine Scheune, die war so breit wie der ganze Hof. Ich würde so ein Dorf Wehrdorf nennen. Ohne Hilfe von innen kam man von der Straße auf keinen Hof. Der Hof, Dorfstr. Nr. 1, wo Opa und Oma wohnten, lag rechts, etwa in der Mitte der Straße. Das Wohnhaus stand allerdings nicht an der Straße sondern lag etwa 2 m zurück. Vom Nachbarhaus stand es etwa 1 m entfernt. Also zwischen beiden Gebäuden verlief von der Straße bis hinten zur Scheune ein langer Gang. In dem kleinen Garten vor dem Haus standen vorne ein paar Holunderbüsche, sodaß der Zwischenraum niemandem auffiel.

Nach Hitlers Geburtstag mußten wir noch einmal flüchten. Also wieder alles auf die Wagen laden und ein bißchen weiter nach Westen fahren, - Wir kamen bis Söllichau. Vorher schliefen wir nochmals eine Nacht auf dem Wagen, der nun keine Bedachung hatte. Es war warm und sehr abenteuerlich. In Söllichau kamen wir alle im Bürgermeisteramt unter. Die Eigentümer hatten ihr Haus längst verlassen. Das Haus war sehr groß und geräumig. Wir konnten alle unsere Gepäckstücke bequem unterbringen. Auf dem Hof gab es noch ein kleines Gebäude, das als Garage oder Gerätehaus benutzt wurde. Unter dem Dach befand sich noch ein großer Raum, der von der Dachluke am Giebel des Hauses erreichbar war. Unten, in einer Ecke lag ein kleiner ummauerter Misthaufen.

An einem Tag im Mai hörten wir im Radio die Nachricht von Hitlers Tod. Tante Greta weinte sehr. Ich war nicht traurig.

- Jetzt ging auch der Krieg zu Ende -

Zuerst kamen die Amerikaner. Mausi und ich versteckten uns unter Federbetten, die Mutti über unser Gepäck gelegt hatte. Die Soldaten zogen die Federbetten weg und sagten, daß sie nur Waffen suchten. Dann verschwanden sie wieder. Zwei Tage später kamen die Russen. Am Abend mußten wir Mädchen, d.h. Tante Ruth, 20 Jahre alt, Mausi 15 und ich 13, uns verstecken. Wir haben uns auf den Raum über der Garage zurückgezogen. Da saßen wir 3 Tage und 3 Nächte. Wenn die Luft rein war, wurde uns über die Luke Essen gebracht. Einmal mußte ich groß austreten und benutzte hierzu unseren Nachttopf. Wie sollte ich mein „Geschäft" entsorgen? Ich machte die Luke auf und wollte den Topf auf den kleinen Misthaufen auskippen. Aber unten war ein Pferd angebunden. Als ich endlich den Topf entleerte, sprang das Pferd dazwischen und der Inhalt des Topfes landete auf seinem Rücken.

In den nächsten Tagen wurden Wehrmachtslager geplündert. Ulli durfte auch hingehen. Er brachte beinlange, dicke Strickgamaschen. Sicher sind die mal für die Soldaten an der Ostfront hergestellt worden. Außerdem schöne dünne olivfarbene Bauchwärmer, die gut für kalte Wintertage sein würden. Meine Cousinen brachten aus verlassenen Häusern Porzellan mit. Z.B. schöne Sammeltassen, die auch mir gefielen und darum brachte ich der Mutti auch eine mit. Leider mußte ich sie wieder zurückbringen. Mutti meinte: "Mädchen dürfen nicht plündern, das gehört sich einfach nicht". Plötzlich erschien Marian in Söllichau und sagte uns, daß die Russen aus den Häusern in Proschwitz abgezogen waren und jetzt Unterkunft im nahen Wald hätten. Also machten wir uns auf den Weg nach "Hause". Eine Nacht schliefen wir noch in einer Scheune in Dahlenberg. Für mich ist die Erinnerung daran unangenehm, denn ich hatte eine Granne im Hals und bin fast verrückt geworden vor Schmerzen. Aber schließlich war alles vorbei und ich nahm sogar ein Bad im Dorfteich. Das war genau am 14.05.45. Ich habe mir das Datum gemerkt, weil es einen Tag vor Saisonbeginn für Badeanstalten war.

In Proschwitz angekommen, schrubbten und putzten wir sehr viel . Diesmal sind Mutti und wir Kinder auch auf dem Hof untergebracht. Tante Greta ist mit ihren drei Mädchen in Söllichau geblieben.

Mutti schläft mit Gerd und Hansi in einem kleinen Zimmer. Das Fenster im Raum zeigt zum Hof. Omas und Opas Ehebett steht in einem großen Zimmer mit zwei Fenstern, die zum Hof zeigen und zwei Fenstern zur Straße. Ganz hinten liegt noch ein Zimmer mit einem Fenster zur Straße.

Hier schläft Tante Ruth. Auch Ulli und ich haben unsere Betten hier.

Nach kurzer Zeit trifft bei uns noch ein ehemaliger Soldat ein, und weil er Ostpreußer ist, darf er auf dem Hof bleiben. Er schläft im Pferdestall.

Das Hoftor bleibt immer geschlossen und wir dürfen auch nicht auf die Straße. Vorläufig brauchen wir nicht zur Schule. Aber es ist sehr langweilig. Nach langem Herumstöbern finde ich eine Kiste mit Büchern, die noch von Tante Greta sind und gut versteckt in der Speisekammer stand. Also, ich lese und lese - und auf diese Weise komme ich in der Welt herum. Mutti und Tante Ruth müssen für die Russen die Baracken im Wald mit Farbe anstreichen. Das dauert schon einige Tage, aber am Abend sind sie immer wieder bei uns.

Einmal klopft es nachts an die Haustür, die Opa mit einer Querstange verstärkt hat. Draußen stehen zwei russische Soldaten. Ein junger Major und sein Bursche. Der Major scheint betrunken zu sein, denn er ruft dauernd "Dotschka dawei", was so viel heißt wie: "Gebt die Tochter heraus!". Gemeint ist Tante Ruth. Sicher hat er sie am Tage auf dem Hof gesehen. Oma und Opa sind ratlos, aber Tante Ruth und ich verziehen uns. Wir klettern aus dem Fenster und ich ziehe das Fenster von außen wieder zu. Dann verschwinden wir zwei hinter den Holunderbüschen in dem langen Gang zwischen den beiden Häusern. Wir laufen bis hinten an die Scheune. Dort wartet der Brandtstätter, unser ostpreußischer Soldat auf uns und hilft uns. Über eine Leiter kommen wir auf eine Lage Bretter, die in der Scheune oben über dem Scheunendurchgang liegt. Wir ziehen die Leiter hoch und verhalten uns ganz ruhig.
Von nun an berichte ich von Ereignissen, die am selben Abend passierten, aber nicht von mir erlebt wurden. Oma erzählte, daß die beiden Russen unser Schlafzimmer durchsuchten. Da sie nur die leeren Betten fanden, suchten sie eine andere Frau und fanden in dem kleinen Zimmer meine Mutti. Sie forderten sie auf, mitzukommen in das große Zimmer. Mutti zog sich ein Kleid über und folgte den Russen. Natürlich nahm sie Hänschen mit, damit er weinte, kniff sie ihn. In Omas Schlafzimmer angekommen, bot der Major in schönstem Deutsch für Mutti einen Schnaps an. Mutti nahm das Glas, warf es auf den Boden und sagte: "Eine deutsche

Frau trinkt keinen Fusel." Nach einigem Hin und Her sagte der Russe zu Mutti, sie hätte Angst vor ihm, Was Mutti verneinte. "Dann bring das Kind zu Bett und komm wieder her", befahl er. Mutti nahm Hänschen und ging langsam zur Tür hinaus. Dann aber schlug sie den Weg zum Hof ein und floh durch die Scheune hinten ins Feld. In einem Strohschober versteckte sie sich bis "alles" vorbei war. Dem Russen wurde es zu lang und zu umständlich auf junge Frauen zu warten, deshalb zwang er die Oma mit vorgehaltener Waffe mitzugehen. Auch Opa wurde bedroht und kapitulierte. Irgendwann in der Nacht kam die Oma zurück.

Von Russen hatte sie gründlich die Nase voll. Jedesmal, wenn so ein Trupp Russen vorbeimarschierte und sie ihre bekannten Lieder sangen, kriegte sie Durchfall.

Nach diesem Vorfall blieben wir Frauen während der Nächte nicht in Proschwitz. Oma, Ruth, Mutti und ich gingen jedem Abend nach Dommitzsch. Wir kamen bei Bekannten in einer Garage unter. In Dommitzsch war der Kommandant der Russen stationiert. Wir hofften, daß deshalb keine Übergriffe wie in Proschwitz passieren würden. So war es auch. Aber anderweitig sind doch viele unangenehme Vorkommnisse bekannt. In Proschwitz gab es auf dem Hof allerhand für die Erwachsenen zu tun. Ich habe die meiste Zeit mit Lesen verbracht. Ulli, Gerd und Hansi spielten, aber ohne Spielsachen. Irgendwann fanden wir in einem Raum unterhalb der Scheune eingelagerte Kartoffeln, die schon ziemlich lange Keime hatten. Hier half auch ich die Keime zu entfernen. Gern tat ich es nicht. Mutti und Ullrich haben auch mitgeholfen. Jetzt fiel mir mein komischer Traum von der vergangenen Nacht ein. Ich hatte von einer Schlägerei geträumt. Mutti hatte einmal gesagt, daß dann jemand zu Besuch kommt und ich sagte: "Heute kommt der Papa nach Hause." Es hat dann nicht mehr lange gedauert, höchstens zwei Stunden, dann stand der Papa auf dem Hof. Alle haben vor Freude geweint. Also hatte die Traumdeutung gestimmt. War ja auch egal. Endlich war der Papa da. Wir durften ihm aber nicht zu nahe kommen, denn seine Kleidung war voller Läuse. Er war lange zufuß unterwegs gewesen. In Holland geriet er in amerikanische Gefangenschaft. Später hat man ihn entlassen. Er ist also von Holland bis Sachsen-Anhalt nur gelaufen. Am 9.Juli 1945 erreichte er Proschwitz. Mutti nahm saubere Kleidung und einige Tücher mit und dann gingen beide an die Elbe. Der Weg war nicht so lang. Dann stieg Papa in einer Buhne ins Wasser und Mutti schrubbte ihn ab. In sauberen Sachen fühlte er sich wie neu geboren. Die alte Uniform ließ er an der Elbe liegen und nun konnten wir ganz nah an Papa heran und zuhören, was er zu erzählen hatte.

Im Dorf hatten viele Flüchtlinge Unterkünfte gefunden. Wir lernten Leute aus Alsdof im Rheinland kennen. Einige waren aus dem Sudetenland. Jetzt, wo der Krieg aus war, konnten die Rheinländer wieder in ihre Heimat zurück. Sicher ist im Westen viel zerstört worden während ihrer Abwesenheit, aber es gab die Heimat. Die Sudetendeutschen sind erst nach Beendigung des Krieges aus ihrer Heimat vertrieben worden. Sie dürfen nie wieder zurück. Genauso geht es uns Ostpreußlern. Das Land, dieses wunderschöne, ist verloren. Der Brandstätter, unser ostpreußischer Soldat stammte aus Gumbinnen, machte sich aber trotzdem auf den Weg in die Heimat. Vielleicht ist er irgendwann dort angekommen. Wir haben ihm alles Gute gewünscht. - Der Papa ist erst mal sehr krank geworden. Er mußte immer nur liegen. Ich glaube, auch mit den Nerven war er ziemlich herunter. Die Enge und die Armseligkeit in der wir lebten hat ihm allen Mut genommen. Wie schön hatten wir es in Schwarzau gehabt. Aber daran durften wir nicht denken. Man brauchte wirklich alle Kraft, um durchzuhalten.

Einmal gingen wir in Richtung Wald spazieren als ein Flugzeug am Himmel erschien. Papa warf sich sofort in den Straßengraben und bedeckte seinen Kopf mit beiden Händen. Er hatte noch immer nicht begriffen, daß der Krieg zu Ende war. Es dauerte schon sehr lange bis er wieder in Ordnung kam. Dann war er froh, daß wir uns wiedergefunden hatten und der Krieg aus war. Hier auf dem Hof lebten im Altenteil die Eltern des verstorbenen Hoferben. Sie sahen sehr verwahrlost und schmutzig aus. Die alte Frau Hille war noch gut zufuß und dauernd unterwegs. Sie hatte schwarze, glänzende Haare und Kleider, die man etwa im Mittelalter getragen hat. Alles sehr schmutzig. Ihr Mann sah auch sehr verwahrlost aus, beim Laufen humpelte er. Mit seinem zotteligen, ebenfalls sehr heruntergekommenen Hund zog er mit einem kleinen Wagen durch die Gegend und verkaufte selbst hergestellte Besen aus Birkenreisig. Die Leute im Dorf hatten Angst vor der Frau Hille. Obwohl es bei den evangelischen Christen nicht üblich war bekreuzigten sie sich, wenn sie ihr begegneten. Uns wurde erzählt, daß man diese Frau nie in den Stall zu den Tieren lassen durfte. Kurz, man bezichtigte die Alte der Hexerei.

Irgendwann im Sommer kam die Tante Lisa mit ihren Kindern nach Proschwitz. Sie erhielt eine Wohnung bei dem reichen Bauern im Altenteil. Die Leute wohnten uns gegenüber auf der anderen Straaßenseite. Als der Sommer zu Ende ging, mußten wir wieder in die Schule. Man hatte an der Durchgangsstraße in einem Haus einen größeren Raum als 1-klassige Volksschule eingerichtet und ich ging jetzt täglich in diese Schule. Mein Gott, war das langweilig und jedes Mal, wenn mein Cousin eine falsche Antwort gegeben hatte, schaute mich die Lehrerin ganz vorwurfsvoll an. Ich war gerade 13 Jahre, was hatte ich mit dem Können oder Nichtkönnen meines Verwandten zu tun?

Was habe ich der Mutti vorgejammert, mich endlich aus dieser Schule zu nehmen!

Aber jetzt war erst mal wichtig, daß der Papa richtig gesund wurde und sich erholte. Da er sehr praktisch veranlagt war, machte er viele nützliche Dinge. Er baute z.B. ein Klo. Das war ihm so gut gelungen, daß es Spaß machte darauf zu sitzen. Er reparierte viele defekte Sachen auf dem Hof. Dann hat er einen neuen Herd mit einem großen Backofen darunter gebaut. Also Ofensetzerarbeiten verstand er auch zu machen. Vielleicht hat er das gelernt, als er die Ausbildung zum Zieglermeister machte. Zusammen mit meinen Großeltern wird er auch den verwaisten Hof Dorfstr. Nr. 1 bewirtschaften. So ging also das Jahr 1945 langsam dem Ende entgegen.

Ich glaube Anfang Dezember war es, als Mutti zu einer Augenoperation in eine Klinik nach Halle fahren mußte. Mir hatte sie vorher eingeschärft, aufzupassen, falls ich schon die Periode kriegen würde. "Dann kann man auch Kinder kriegen." sagte sie.

Warum passierte das ausgerechnet jetzt? Wo die Mutti weg war. So viel Blut auf meinem Nachthemd. Ich steckte alles in meine schwarze Turnhose und blieb erst mal ganz lange im Bett. Bis alle raus waren aus dem kleinen Zimmer; das dauerte. Und dann wusch ich mich und das dreckige Zeug auch. Mein Gott, war das eklig. Dann war ich endlich sauber und legte so eine dicke Binde in meinen Schlüpfer. War sehr lästig. Also ich habe mich nicht viel bewegt. An Schmerzen kann ich mich nicht erinnern. Am nächsten Tag war die Binde voll und ich wusch mich und nahm eine neue. Aber was mache ich bloß mit dem schmutzigen Ding? Dann hatte ich eine Idee. Ich ging auf den Söller und schob ein paar Dachpfannen an die Seite, dann legte ich die Binde aufs Dach und setzte die Dachpfannen wieder ein. Die Binde würde niemand sehen können, denn das Dach des Nachbarn neigte sich im gleichen Winkel wie unser Dach zu dem Gang durch den Tante Ruth und ich vor den Russen geflohen waren.

Wie Weihnachten 1945 verlaufen ist, weiß ich nicht, wichtig war unser aller Gesundheit und endlich, ab Januar 1946 durfte ich zur Mittelschule nach Torgau. Natürlich fuhr ich mit der Bahn ab Wörblitz. Aber es machte mir nichts aus. Im Gegenteil es war eine glückliche Fügung.

Im Januar 1946 fiel mir ein, daß meine Freundin, Sophie am 10. Geburtstag hatte. Auf Blinden Dunst schrieb ich einen Brief an sie. Als wir noch in Schwarzau gewohnt hatten, erzählte sie mir einmal, daß sie aus dem Rheinland stammt und zwar aus Lohn, in der Nähe von Aachen. Diesen Brief mit der Postanschrift Lohn, bei Aachen hat sie wirklich erhalten. Mein Gott, war ich glücklich, sie endlich wiedergefunden zu haben. Jetzt normalisierte sich alles. Ich fuhr jeden Tag nach Torgau und meine Brüder Gerd und Ullrich besuchten die Schule in Proschwitz. Für die Schule ließ Mutti mir aus einer Decke und meinem alten, blauen Mantel einen neuen Mantel nähen. Er war sehr chic. Aus Papas Hosen wurden Hosen, d.h. Skihosen genäht. Also gefroren habe ich nicht.
Es war mir immer so, als hielte mich die Mutti auf all meinen Wegen an der Hand und beschützte mich.

Die Essensausgabe erfolgte immer in der ersten großen Pause in einer nahegelegenen Schule. Eigentlich war es kein Essen sondern nur ein Getränk, ähnlich aussehend wie Milch nur ohne Geschmack und bläulich.
Aber man hatte etwas im Magen und der Unterricht konnte weitergehen.

Mit 12 Jahren hatte ich in Schwarzau ein Paar Stiefel und ein Paar hohe Schuhe bekommen. Sie waren Maßarbeit von unserem guten Schuhmachermeister. Ich trug die Schuhe immer noch. Nur gut, daß meine Füße nicht größer wurden, denn neue Schuhe gab es damals nicht.

Manchmal besuchte uns Tante Gisela, die Witwe von Onkel Hans. Sie wohnte jetzt mit ihren zwei Kindern und ihren Eltern in Berlin. Hier in Proschwitz kriegte sie Lebensmittel für Ihre Familie. Dann fuhr sie in vollbesetzten Zügen, wie wir sie in Zeitungen abgebildet sehen konnten, wieder zurück. Es war eine armselige Zeit. Für die Menschen aus der Großstadt ganz besonders .

Am 26. Juli 1946 wurde meine Schwester Gisela geboren. Da wir noch einen Kinderwagen von Hansi hatten, bekam ich den Auftrag, diesen gründlich zu reinigen. Natürlich tat sie das sehr gern. Ich hatte noch nicht bemerkt, daß meine Mutter schwanger war.

Überhaupt hatte ich keine Vorstellung, was dieses Wort bedeutet. Zu diesem Thema fällt mir noch eine Anekdote ein:

Ich stehe so auf dem Hof und säubere den Kinderwagen. Da lässt sich ein Storch, vom Scheunendach kommend, auf dem Schornstein in der Nähe von Muttis kleinerem Zimmer nieder. Jetzt fängt der auch noch an zu klappern.

Was ist das? Ich bin hin und hergerissen. Bringt er die Kinder doch? Wieso ist ein Mensch so klein wie ein Samenkorn zu Beginn seiner Existenz? Was hat die Periode damit zu tun? Und in Muttis Zimmer befindet sich die Hebamme. Am besten wäre, wenn ich alles nur als einen Traum abtun könnte. Aber das geht nicht. Und all das Ungereimte schleppe ich noch viele Jahre mit mir herum, und zwar ungeklärt. Alle freuen sich, dass wir nun eine kleine Schwester haben. Und ich höre noch, wie Oma sagt: "So ein kleines Kind gibt einem wieder Mut und Zuversicht, gerade in dieser furchtbar armseligen Zeit".

Ich glaube, es war noch in diesem Sommer, wo Opa und

Oma nach Bayern gefahren sind. Tante Ruth war schon da. Irgendwann nach dem Krieg hat es Tante Maria mit ihren drei Kindern, Bernd, Otto und Dagmar dorthin verschlagen. Nun gab es dort eine große Familienzusammenführung. Tante Marias Mann, Onkel Otto, ist auch dort eingetroffen. - Von Papas Brüdern hört man gar nichts. Papa tischlert für seine Eltern eine Holztruhe für ihre Kleider, die sie gut mit auf die Bahnreise nehmen können Endlich erhalten sie auch Post von Onkel Roly aus Russland. Er ist noch in Kriegsgefangenschaft und darf ab und zu kleine Postkarten schicken. Jetzt fahren Opa und Oma in den Westen. Wir haben nun viel Platz im Haus. Aber das ist auch alles. Vor den Fenstern haben wir keine Gardinen und jeder kann von der Straße aus hereinschauen. Natürlich müssen wir auf dem Feld helfen. Von Papa lerne ich Rübenhacken und bei so einer Arbeit in den Elbauen findet er einen Bernsteinanhänger und schenkt ihn mir. Eine zeitlang hütete ich die Kühe auf einer Wiese unterhalb des Dorfes(auf einer kleinen Wiese). Während dieser Zeit lerne ich Socken stricken, was zuerst überhaupt nicht gelingt. Die Wolle habe ich aus einer Gamasche gerebbelt, die Ulli seinerzeit mitbrachte, als das Heerlager geplündert worden ist. Von hier, unterhalb des Dorfes kann ich die oben verlaufende Straße beobachten und ich sehe Hunderte von amerikanischen Soldaten von Torgau kommend in Richtung Wittenberg ziehen. Mit Armeelastern, Personenwagen und mit Jeeps. Sie setzen bestimmt in Wittenberg über die Elbe und fahren nach Westberlin.

Im Herbst lerne ich das Garben binden und das Aufstellen der Garben zu Hocken. Wenn das Getreide trocken ist, wird es eingefahren. Für manche Tätigkeiten bin ich noch zu klein an Körpergröße. Aber Kartoffeln sammeln hinter dem Erntegerät ist was für niedrige Leute. Spaß macht es aber nicht. Jetzt soll ich sogar lernen, Kühe zu melken. Aber ich will einfach nicht. Ich habe es probiert, so ein Euter anzufassen.

Hein Gott war das eklig, und die Kuh hatte auch noch Warzen dran. Nein und nochmals nein, es nichts für mich. Dann hatte Papa die Idee, mich mit der war Großen Wäsche zu betrauen. Natürlich war alles schon von Papa vorbereitet. Eine große Wanne voller Wäsche in warmer Seigenlauge stand bereits auf einer Bank vor dem Haus, mit Blickrichtung Hof. Das Waschbrett war auch schon in Position gebracht. Ich brauchte nur anzufangen. Und ich war bereit. In gut zwei Stunden würde ich das geschafft haben. Ich fange erst mal mit eignem kleinen Teil an. Von Mutti wußte ich, daß man die Wäsche ausbreitet und dann auf dem Waschbrett rauf und runter bewegt. „Jetzt aber ran Christel", sagte ich mir und weg war ich. Und für den ganzen Tag nicht mehr zu finden. Die Erklärung war: Ich hatte mit einem gebrauchten, eingeweichten Herrentaschentuch anfangen wollen. Ich kann mich nicht erinnern, noch mal in so eine Lage gekommen zu sein. Trotzdem passierte noch Vieles, was mich ganz schon durcheinander brachte. Für die folgende Geschichte muß ich erst mal die Höhenlage unserer Dorfstraße beschreiben. Wenn man von Dommitzsch kommt, also aus südlicher Richtung, kann man direkt über die Häuser hinweg auf die Straße blicken. Also Anita und ich schlenderten die Dorfstraße entlang und sahen zufällig zur Chaussee hin. Wir erblickten dort zwei Russen, die auf dem Weg in unser Dorf waren. Natürlich bekamen wir Angst, daß die Russen uns gesehen hatten und liefen zu Müllers. Auf dem Hof angekommen entschieden wir uns, für ein Versteck im Stall bei den Ziegen. Kurze Zeit später hörten wir, wie Herr Müller den Russen erklärte: "Meine Tochter ist nicht hier, sie ist bei einer Freundin." Die Russen wollten aber erst im Stall nachsehen. Weil die Tiere sich aber genauso still verhielten wie wir, bemerkte man uns nicht. Endlich gingen die russischen Soldaten wieder. - Aber wir hatten keine Ruhe und wollten uns anderswo verstecken, deshalb liefen wir hinten in den Garten und bewegten uns am Bach entlang bis zum Ende des Dorfes und traten in die Scheune des letzten Bauern auf dieser Seite. Über eine hohe Leiter erreichten wir einen guten Platz zum Verstecken. Dann zogen wir die Leiter hoch und legten sie oben über die Balken. Wir verhielten uns mäuschenstill. Es dauerte noch eine ganze Weile, dann kam der Bauer und mit ihm unsere Verfolger, die uns noch immer suchten. Der Bauer erklärte immer wieder, daß er nichts von irgendwelchen Mädchen wüßte. "Hier ist jedenfalls niemand" sagte er. Endlich gingen die drei wieder. Wir blieben ruhig sitzen. Nach einer längeren Zeit kam der Bauer und rief uns zu: "Kommt mal runter, alle Gefahr ist vorüber." Wir bedankten uns bei ihm und machten, daß wir nach Hause kamen.

Auch der Papa hatte mal mit Russen zu tun. Und das kam so: Er besorgte sich von einer Zuckerfabrik eine ganze Menge Rübenschnitzel. Sie sollten angeblich Futter für die Kühe und Schweine sein. In diesem Fall kamen aber andere in den Genuß der Schnitzel bzw. des Produktes aus denselben. Papa weichte die Schnitzel ein und ließ sie stehen bis sie gären. Irgendwann wurde das Zeug dann in den Kartoffeldämpfer getan und unter Druck erhitzt. Der Dampf wurde durch ein Kupferrohr geleitet.
Das Rohr lief durch kaltes Wasser und kühlte den Dampf zu einer Flüssigkeit, Alkohol war das Endprodukt. Papa tauschte 1 Liter von diesem Alkohol gegen eine Trakehnerstute ein. Damals war fast alles möglich, man durfte sich bloß nicht erwischen lassen. Der Besuch der Mittelschule machte mir richtig Spaß. Wir hatten eine sehr nette Zeichenlehrerin. Im Frühling wurden drei Zeichnungen aus unserer Klasse ausgestellt. Eine von mir war auch dabei. Es war ein Kranz von Frühlingsblumen. In der Mitte des Kranzes hatte ich das Gedicht von Eduard Möricke hinein geschrieben: "Frühling läßt sein blaues Band..". An einem Vormittag wurde mir bestellt, ich sollte mich auf den Pausenhof der Jungenschule begeben.

Also ich ging dorthin und nichts geschah. Etwas abseits standen mehrere Jungen herum. Erst einige Jahre später erzählte mir ein ehemaliger Schüler der Jungenschule, daß man sehen wollte, wer das schönste Bild gemalt hatte.

Am 13.07.1946 erhielt ich ein Zeugnis der Vollberechtigten Mittelschule Torgau und kam dann in die nächste Klasse.

Es war wohl Anfang Sommer 1947. Die Züge hatten oft Verspätung. Diesmal war es wieder der Fall. Ich wollte durch die Sperre gehen, aber der Bahnangestellte ließ mich nicht durch und sagte: "Der Zug hat Verspätung." Und ich sagte: "Mensch, schon wieder?". „Wum" hatte ich eine Backpfeife weg. Es tat nicht weh, aber ich machte mir einige Gedanken. Warum hatte der Mann das getan? Wollte er mich anfassen und nahm die Gelegenheit wahr? In Zukunft hielt ich mich von dem Angestellten fern und äußerte mich niemals mehr auf diese Weise.

Auf dem Hof ging die Arbeit so schlecht und recht vonstatten. Wer zu kriegen war, der half. Auch Tante Lisa hat oft mitgeholfen, z.B. beim Kühe melken. Einmal haben wir ein kleines Feld mit Mist bestreut. Der Papa hatte mit einem kleinen Wagen den Dung aufs Feld gebracht und so ziemlich regelmäßig Haufen gesetzt, die wir dann ganz fein verstreuten.

Das Getreidedreschen machte mir Spaß, wenn ich die Garben oben in die Maschine legen durfte. Weniger schon war es hinter der Dreschmaschine zu stehen und das ausgedroschene Stroh anzunehmen und irgendwo hinzu platzieren. Hier hinter der Scheune hatten wir einen Brunnen. Man ließ den Eimer an einer Kette in den Brunnen gleiten und zog ihn gefüllt wieder hoch. Also ich brauchte das nicht zu tun. Bis jetzt reichte meine Kraft noch nicht aus.

Gott sei Dank hatten wir elektrisches Licht im Haus und auf dem Hof. Aber ich erinnere mich, daß wir abends oft Stromsperre hatten. Hier auf dem Bauernhof gehörte zur Einrichtung eine Nähmaschine mit Fußantrieb. Mutti war froh, die

Maschine zu haben. Sie hat sie von Grund auf überholt. Und nun konnte sie endlich damit nähen.

Aus zwei Leinenstrohsäcken, die sie aufgetrennt und in Seifenlauge gekocht hatte, nähte sie für Ulli und Gerd je einen schönen Anzug. Die Jungen sahen richtig chic darin aus. Auch ich habe ein bißchen nähen gelernt, aber erst viel spätes etwas Sinnvolles geschneidert.

Am 29.07.1947 bekam ich das Abschlußzeugnis der Vollberechtigten Mittelschule, die sich nun 2. Achtklassige Mädchenvolksschule nannte. Vom Schultyp her kann man diese Schule mit einer Realschule vergleichen. Das ganze Schulsystem war hier im Osten nach dem Krieg geändert worden.

Ich hatte mich schon vorher in der Handelsschule Torgau angemeldet. Die Schule war in Nebengebäuden des Schlosses Hartenfels untergebracht. Ich bestand die Aufnahmeprüfung und konnte nach den Sommerferien wieder zur Schule gehen. Es war prima, daß ich wieder zwei Jahre untergebracht war.

In den Ferien half ich aber auf dem Hof. Dabei fiel mir ein, daß unser Marian gar nicht mehr bei uns war. Er kehrte im Juli 1945 in seine Heimat Polen zurück. Ich nehme das an, da Papa ihn nicht mehr gesehen hat, seit er am 09.07.1945 aus amerikanischer Gefangenschaft in Proschwitz eintraf.

Der Unterricht in der Handelsschule gefiel mir sehr gut. Wir hatten neben Englisch zum ersten Mal Russisch. Hier machte ich sehr gern mit, denn die Sprache ähnelte sehr der polnischen und Polnisch konnte ich ja. Neu und interessant fand ich auch Schreibmaschine und Stenografie. Betriebswirtschaftslehre war sehr fachbezogen, gefiel mir aber auch. Dann gab es noch Warenkunde und Chemie. Mich interessierten jetzt sämtliche Rohstoffe, ihre Herkunft und Verarbeitung und ihr Nutzen. Meine Güte, was konnte man alles lernen, wenn es einen nur genug interessierte!

Im 2. Jahr gab es noch Kochunterricht für die Mädchen. Leider fehlten uns oft die "Rohstoffe". Na ja, schließlich ist der Krieg erst vor zwei Jahren zu Ende gewesen. Ich kann mich nicht erinnern, einmal etwas mit Fleisch gekocht zu haben. Weil wir z.B. keinen Rotkohl kriegen konnten, machte unsere Kochlehrerin ein ganz neues Rezept, nämlich: Rote Beete auf Rotkohlart. Auf den Boden meines Bisquitbodens malte ich mit Speisefarben Rosen in Ermangelung von Sahne oder Buttercreme.

In meiner Handelsschulzeit habe ich sehr viel gelesen, sogar in den Pausen auf dem Schulhof. Mein Klassenlehrer war immer sehr interessiert und bot mir auch Bücher an. Dafür lieh er sich meine aus. Oft war ich viel schneller mit einem Buch fertig als er.

Im Spätherbst nach der allgemeinen Kartoffelernte bekamen die Schüler einen unterrichtsfreien Schultag zum gemeinsamen Nachlesen der Kartoffelfelder. Die Städter freuten sich sehr über die kostenlosen Feldfrüchte, aber ich erbat mir einen freien Tag, um noch zu Hause bei der noch nicht beendeten Ernte zu helfen. Ich brachte dafür eine ganze Schultasche voller Kartoffeln mit. Herr Roden verteilte sie auf eine ganz lustige Weise: Er nahm immer eine Kartoffel und warf sie einem Schüler zu. So ging das Reihum.

Einmal erzählte er uns, daß er in Berlin bei der Firma Siemens und Schuckert eine kaufmännische Lehre gemacht hatte. Er erzählte sehr viel von Berlin. Beispielsweise von den Schuhgeschäften "Stiller und Leiser", die ihre Läden immer auf gegenüberliegenden Seiten an den Straßenecken hatten.

Da auch mein Vater viel von Berlin erzählte, war ich schon bald selbst ein Berliner, so hat mich dort alles fasziniert.

Ende der Zwanziger Jahre waren Papas Schwestern Greta und Maria in Lohn und Brot in Berlin. Da Tante Greta einen unpassenden Freund hatte, wurde das nach Ostpreußen berichtet und Papa, also Bruder August kam, um die "Sache" zu klären. Dann blieb Papa gleich selbst ein paar Jährchen in Berlin. Es gab in Berlin, Hellersdorf, auch noch Verwandte von Oma.

Jetzt war der Krieg schon 2 Jahre aus und Mutti erfuhr so nach und nach, was mit ihren Geschwistern während der Flucht aus Ostpreußen und danach geschehen war. Über Muttis Bruder Karl erfuhren wir, daß Muttis Schestern Emma, Martha und Maria jetzt in Westdeutschland in der Nähe von Hannover lebten. Der jüngste Bruder, Emil wohnte mit seiner Frau in Bremen, während Onkel Fritz wahrscheinlich in Russland gefallen war. Von Onkel Gottlieb, der nun auch im Westen wohnte, erfuhren wir Schreckliches: Seine Frau Gertrud war 1945 mit ihren 4 Kindern auf der Flucht in einem Ort westlich der Oder in einer Schule gestorben. Die Kinder hatten sie morgens tot auf ihrem Nachtlager vorgefunden. Der Jüngste, etwa 2 Jahre alt hat wohl die Mutter gesucht und ist auf rätselhafte Weise verschwunden. Erst einige Jahre später hat Onkel Gottlieb seinen Sohn durch das Rote Kreuz in Dänemark wieder gefunden. Erst nach langer Zeit erfuhr Mutti etwas von ihrem Bruder Hans, der in Scheuba in Ostpreußen bei Eintreffen der Russen noch auf seinem Hof lebte.

Die Russen haben den Onkel und seine Frau vor das Scheunentor gestellt und erschossen. Dann wurde veranlaßt, daß die vier Kinder den Ort verließen. Für längere Zeit hielten die Kinder sich in einem Kinderheim in Ostdeutschland auf, bis sie von Verwandten in den Westen geholt wurden.
Irgendwann in dieser Zeit ist der alte Hille gestorben. Die Frau Hille kam in ein Altersheim nach Pretzsch, wo auch sie nach geraumer Zeit verstarb. Das alte Haus mußte saniert werden, Später zogen Tante Lisa und ihre Kinder dort ein.

1948 besann sich Mutti, daß ich ja noch gar nicht konfirmiert war. Und ich hatte noch immer meine Zöpfe. Aber bis zur Konfirmation sollten sie auch noch dranbleiben. Unterricht in Religion erhielt ich bei einem Pastor in Dommitzsch. Es war ein sehr langweiliger Unterricht, und das lag nicht am Unterrichtsstoff.
Für das bevorstehende Ereignis wurde noch allerhand vorbereitet. Ich brauchte ein Kleid und Schuhe. Vom Staat erhielt ich einen Bezugsschein für Schuhe und kaufte sie gleich. Also die Schuhsohlen waren aus Pappe. Die Schuhe waren ein Paar Sandalen mit olivgrünen Riemchen, sie sahen aus wie die Gurte der amerikanischen Soldaten. Es war wirklich ein Hohn, einem so etwas als Konfirmationsschuhe anzubieten. Also fand ich was anderes. Ich hatte Schuhgröße 37 aber ich kriegte nichts Passendes. Schließlich habe ich mir ein Paar Schuhe von Tante Lisa in Gr. 39 geliehen. Sie waren weiß mit kornblumenblauen Besätzen. Aber was solls? Es war ja nur für den einen Tag.
Jetzt brauchte ich noch ein Kleid. Aber woher nehmen? Mutti besaß noch eine goldene Armbanduhr und schickte diese in den Westen zu Tante Ruth. Dafür besorgte sie mir ein wunderschönes schwarzes Kleid wie ich nie wieder ein ähnliches bekommen habe. Dieses Kleid war mein ganzer Stolz und ich habe es noch viele Jahre nach der Konfirmation getragen.

Mein Cousin, Willi hatte am selben Tag Konfirmation wie ich. Er hatte aus dem Wald Tannengrün besorgt und das streuten wir beide bis zum Hof der nächsten Konfirmandin. Und die streute wiederum bis zum Nächsten.
In der Kirche war es sehr feierlich und zu Hause gab es Kaffe und Kuchen und Geschenke gab es auch. Z.B. Blumen, Petunien und ähnliche Gewächse. Es war halt eine schwere Zeit und so kurz nach dem Krieg durfte man nicht zu anspruchs-

voll sein. Wir waren froh, zusammen zu sein und uns bester Gesundheit zu erfreuen.

Jetzt waren meine Zöpfe dran, sie sollten ab.

Folgendes passierte in einem Friseursalon in Torgau:

Nachdem die Haare geschnitten waren, wurden sie in Strähnchen auf dünne Röllchen gewickelt und auf dem Kopf mit einer Klammer befestigt. Ein Gestell wurde hereingefahren, von dem von oben unzählige elektrisch aussehende Drähte herabhingen. Jeweils ein Röllchen wurde mit zwei Drähten von links und rechte verbunden. Als alle Röllchen mit Drähten versehen waren stellte man das Gerät an. Also das Haar wurde heiß gemacht. Man nannte das die Heiße Dauerwelle. Hinterher sah ich nicht gut aus. Mein Gesicht war zu dick, die Haare zu kraus und zu kurz und ich schämte mich schon jetzt, noch bevor mich alle gesehen hatten.

In der Nähe unserer Schule, dicht an der Elbe, hatte man ein Denkmal errichtet. Es sollte an die Vereinigung der Russen mit den Amerikanern erinnern. Im April 1945 sind sie tatsächlich hier in Torgau zusammengekommen. Auf diesem Denkmal stellten wir Mädchen aus unserer Klasse uns auf. Es wurde ein Foto gemacht und jedes Mädchen erhielt einen Abzug.

Bevor der Sommer zu Ende ging lernte ich noch tanzen. D. h. es ging bis in den Winter hinein. Das weiß ich deshalb noch genau, weil es gerade in der dunkleren Jahreszeit besonders lästig war, wenn wir wieder jeden Abend Stromsperre hatten. Meine Schulkameradin, Erika, besuchte damals in Dommitzsch die Tanzstunde. Alles, was sie dort lernte, brachte sie mir in den freien Stunden in unserer Klasse bei. So lernte ich Foxtrott, Walzer, Tango und noch mehr. Am Abend zeigte ich meinem Bruder Ullrich die Schritte und er begriff alles sehr schnell.

In unserem großen Wohn- Schlafzimmer stand außer dem großen Kachelofen noch ein kleiner transportabler Ofen. Unten wurde eine Klappe aufgemacht und ein Lichtschein fiel auf die Dielen. Es war genug Licht, um unsere Tanzschritte zu sehen. Papa hatte einen Riesenspaß, daß wir zwei Großen so eine schöne Beschäftigung hatten. Er selbst hat in seiner Jugend, vornehmlich in Berlin, besonders gern das Tanzbein geschwungen. Im Dezember 1948 machte unsere Klasse eine schöne Weihnachtsfeier in unserem Klassenraum. Zur Nacht blieben wir Fahrschüler in Torgau. Ich schlief zusammen mit Wanda bei deren älterer Schwester, die im Krankenhaus Torgau arbeitete und dort auch ein Zimmer hatte.

Im Frühjahr 1949 ist es gewesen, als mir Wanda von ihrer jüngeren Schwester erzählte. Ich hatte ihr mal ein Frühlingsbild gemalt und die Kleine hat es der Lehrerin gegeben um eine Zensur für Zeichnen zu erhalten. Meine ehemalige Zeichenlehrerin in meiner ehemaligen Schule wußte sofort, daß ich das Bild gemalt hatte Sie bestellte mir einen schönen Gruß und verlangte von der Schülerin ein selbstgemaltes Bild.

Im Frühjahr 1949, so um die Osterzeit, kriegte ich eine Einladung zum Tanz. Ein Bauernsohn aus dem Ort kam zu Papa und sprach ganz förmlich die Einladung aus. Er hatte einen Vetter eingeladen und so gingen wir zu dritt in den Nachbarort zum Tanzen. Es gefiel mir sehr gut und ich hatte auch eine gute Laune. Als die Tanzkapelle eine Pause machte, fragte mich dieser Vetter, ob ich mit an die frische Luft gehen wollte. Ich ging mit. Auf dem Hof angekommen, packte mich der Kerl und küßte mich auf die Wange. Ich schubste ihn weg und war erst mal sauer. Ich fand den Kuß richtig eklig. Der

Mann war noch nicht mal rasiert. Ich hatte den ersten Bartwuchs also Flaumhaare, gespürt und das hat mich richtig abgestoßen. Nachdem ich so viele Liebesgeschichten gelesen hatte, wie der erste Kuß wirkte, war ich enttäuscht von der Wirklichkeit. Später habe ich auch andere Küsse kennengelernt und bin so begeistert gewesen, daß ich sogar meinen silbernen Siegelring, den ich zur Konfirmation geschenkt bekommen hatte, dafür hingegeben habe. Naja, mehr war damals noch nicht. Alles Schöne und Ärgerliche stand mir sicher noch bevor. In unserem Dorf war es Pflicht, in der Zeit da die Kartoffeln auf den Feldern wuchsen, jeden Sonntag mit Mann und Maus auf die Felder zu gehen und die Kartoffelkäfer von den Pflanzen zu sammeln. Man hatte uns gesagt, daß die Amerikaner die Kartoffelkäfer über Deutschland abgeworfen hätten.

Die Käfer fraßen zusehends die Blätter von den Pflanzen und vernichteten so manches Feld. Natürlich kriegten die Bauern auch Spritzmittel gegen den Befall. Dieses Gift haftete dann an den Blättern.
Im Herbst, bei der Kartoffelernte ging der Papa hinter dem Kartoffelroder, der von zwei Pferden gezogen wurde. Wir Kinder sammelten die Kartoffeln in Körbe, die dann in Säcke umgefüllt wurden.
Nach Beendigung der Kartoffelernte wurde der Papa sehr krank. Er bekam eine unerklärliche Schwellung am Hals und mußte ins Krankenhaus nach Torgau. Nach längeren Untersuchungen stellten die Ärzte fest, daß sich das Gift gegen die Kartoffelkäfer bei Papa angesammelt hatte.
Zunächst blieb Papa erstmal in Torgau. Auch meine kleine Schwester lag im Krankenhaus Torgau. Ich weiß heute nicht mehr, was der Grund für ihren Aufenthalt war. Jedenfalls besuchte Mutti die beiden ab und zu und ich war mit den 4 Kühen und meinen 3 Brüdern allein.

Mit Tante Lisa hatten wir gerade Krach. Also die hat die Kühe schon mal nicht gemolken. Das blieb jetzt an mir hängen, schließlich mußte die Milch pünktlich abgeliefert werden, Ich hatte noch nie vorher ein Euter angefaßt. Die Euter waren weich und warm und manche hatten sogar Warzen drauf.
Ich packte die Zitzen mit festem Griff, drückte und zog daran und siehe da, es kam Milch heraus. Etwas ging auf meine schwarze Hose, aber das tat meinem Erfolgserlebnis keinen Abbruch. Ich war richtig stolz: Das konnte ich also auch! Im Haus neben uns wohnte ein Junge namens Fredi, aus dem Sudetengau. Er war auch 17 Jahre alt und machte eine Lehre als Schmied. Mit unserem Ulli ging er zum Boxen. Ich fand ihn nett, weil er sich vorbildlich verhielt. Vielleicht war er auch nur schüchtern.
Am Dorfende stand der Milchwagen. Dort trafen wir uns manchmal und quatschten nur. Oft hat mich die Mutti weggeholt. Vielleicht hatte sie Angst, daß es was Ernstes sein könnte. Ich fand Muttis Einmischung sehr ärgerlich und bin erst durch das Einmischen auf die Idee gekommen, daß der Fredi vielleicht einmal mein Freund werden könnte.

Wir hatten 2 Schafe und die Mutti hat die Schafe selbst geschoren und das Fließ zum Spinnen gebracht. Sie kriegte sehr schöne, weiße Wolle dafür und die bekam ich zum Stricken. "Was soll ich denn stricken? "Das mußt du selbst wissen". Also fing ich an und fertigte, einen Westover in Herrengröße. Das Teil war sehr schön geworden und ich schenkte es dem Fredi, einfach so. Na, der Ärger, den ich bekam, war nicht von schlechten Eltern. Ich denke heute noch daran, wie Mutti sagte: "Wie kannst du in einer so armseligen Zeit so was wertvolles an Fremde verschenken". Ich konnte es und habe es von Herzen gern getan.

Im Sommer 1949 hatte ich mit Ulli auf dem Feld hinter Wit-

tens Wäldchen zu tun. Leider gerieten wir in ein Gewitter und stellten uns im Wäldchen am Rand unter die Bäume um nicht naß zu werden.
So langsam ließ der Regen nach und auch der Donner war schwächer geworden. Aber auf einmal krachte es ganz gewaltig und wir sahen noch den Blitzeinschlag in ein Haus im Nachbardorf Wörblitz. Gleich darauf brannte es auch schon. Kurz entschlossen rannten wir zum Feuer, um zu helfen. Meine Güte, war ich eifrig. Ich wollte das Feuer löschen, damit kein großer Schaden entstehen konnte. Ich wies die umherstehenden Leute an eine Eimerkette zu bilden und so ganz schnell zu helfen. Es ging ganz gut und alle machten mit.

Eigentlich habe ich Angst vor Gewitter, aber hier war ich nicht ich selbst. Später erzählte der Bürgermeister meinem Vater wie tüchtig ich gewesen sei und "barfuß" wäre ich auch gelaufen.

Nach Beendigung der Handelsschule schrieb ich viele Bewerbungen. Leider immer ohne Erfolg. Zu tun gab es auf dem Bauernhof ja genug, im Garten und auf den Feldern. Ich habe in den Jahren nach dem Krieg immer viel gelesen. Jetzt waren Mutti und ich mit Frau Hübner befreundet, die uns immer mit Lesestoff versorgte. Sie war nach dem Krieg aus dem Sudetenland hierher gekommen und lebte mit ihren zwei kleinen Kinder und ihrer Mutter in einer Zweizimmerwohnung in Proschwitz.
Einmal saß ich am Tisch und las die "Titanic" und weil mich der Inhalt des Buches so fesselte, merkte ich gar nicht, daß ich nur noch weinte, und weinte. Schließlich unterbrach mich Mutti beim Lesen. Ich war sehr aufgeregt.

Oft las ich bis in die Nacht hinein. Das ging aber nur bei Mondenschein. Dann saß ich auf dem Fensterbrett in meinem

Zimmer und hörte gar nicht auf zu lesen. Auch hier unterbrach mich Mutti und sagte, daß ich mir die Augen verderben würde. Aber bei Stromsperre blieb ja nur die Möglichkeit so romantisch an einen Lesestoff heranzugehen. Die Frau von der Poststelle hier am Ort brachte mir eines Tages eine Postkarte, die mir mein ehemaliger Stenolehrer geschrieben hatte. Er bot mir eine Bürostelle in einem Büro in Torgau an. Außer meiner Adresse war alles in Stenografie geschrieben und die Postfrau ärgerte sich maßlos, daß sie den Text der Karte nicht lesen konnte. Sie sagte sogar, daß so etwas verboten sei. Leider ist die Arbeitsstelle in Torgau schon besetzt gewesen.

Ab und zu fuhr ich zum Arbeitsamt nach Wittenberg, aber Pustekuchen -nichts - bis Februar 1950. Da bekam ich eine Bürostelle bei der Volkspolizei in Pretzsch an der Elbe. Meine Arbeissstelle nannte sich Zucht- und Abrichteanstalt für Diensthunde der VP. Zunächst blieb ich für ein halbes Jahr auf Probe und fing am 1.5.1950, noch nicht ganz achtzehnjährig, an. Am 27.5. wurde ich volljährig. Ich trug Uniform und blieb während der Woche sogar nachts dort. Zusammen mit der Sekretärin Lilo, hatte ich ein Zimmer in der Geschäftsbaracke. Lilos schwarzer Schäferhund schlief auch in dem Zimmer. Hier im Haus befand sich unser Büro und das des Chefs, außerdem das Büro des Intendanturleiters. Einige Ausbilder hatten in dieser Baracke auch ihre Zimmer. Am Wochenende durfte ich immer nach Hause fahren. Das übrige Personal kam meistens aus Halle an der Saale. Die fuhren nur von Fall zu Fall nach Hause. Wir hatten auf dem Gelände nach mehrere Baracken, z. B. für den Veterinär und für Labors. Außerdem eine mit Küche, Vorratsräumen und Speisesaal. In den anderen Baracken befanden sich Zimmer für die Lehrgangsteilnehmer. Es waren meistens Polizeiangestellte von der Grenze oder Polizeirevieren. Sie kamen für ein paar

Wochen für einen Hundeführerlehrgang hierher. Unser Gelände lag weit außerhalb der Stadt und war sehr groß. Hier konnten die Männer mit ihren Tieren allerhand Übungen an verschiedenen Geräten oder auf freier Fläche machen. Niedliche kleine Welpen kamen hier zur Welt, die ich dann in ein Zuchtbuch eintrug. Von einem Wurf bekamen die Kleinen immer Namen mit dem gleichen Anfangsbuchstaben. Einmal sah ich in der Veterinärabteilung eine flache Schüssel mit Bandnudeln auf dem Boden im Flur stehen. Ich wunderte mich, bis man mir erklärte, daß das ein Bandwurm sei, bei dem noch nach dem Kopf untersucht werden müßte.

Als die Lehrgangsteilnehmer hier anfingen, sollten sie zuerst zu mir ins Büro um ihre Unterlagen bei mir abzugeben, damit ich sie in ein Buch eintragen konnte. Einmal kam mir der Name eines Teilnehmers näher bekannt vor. Er hieß Franz F. und ich erinnerte mich, daß dieser Mann bis 1940 bei uns in Johannisberg in Ostpreußen auf der Ziegelei bei meinem Vater gearbeitet hatte.

So verging die Zeit. Ich verstand mich gut mit der Sekretärin und den Ausbildern. Eines Abends, ich schlief schon längst und Lilos großer Schäferhund auch, da kam die ganze Clique ins Zimmer und rief "JUHU, schläfst du schon hallo, hallo". Die hatten alle einen Schwips. Der Hund bellte fürchterlich und ich stand Kerzengerade im Bett und schrie:

"Raus, raus ihr Bande". Im selben Moment krachte das Bett zusammen und ich rutschte durch die Matratze und die Bretter darunter auf den Boden. Mein Gott, haben die gelacht, und ich war stinksauer. Aber sie hatten ihren Spaß gehabt, Toller als erwartet, denn wer konnte schon vorhersehen, daß ich durch das Bett krachen würde. Die ganze Geschichte ist unserem Chef am nächsten Tag brühwarm erzählt worden. Um seiner Aufsichtspflicht nachzukommen, sorgte er dafür, daß wir Mädchen außerhalb unseres Geländes nun Zimmer

in einem großen Haus bekamen. Immer, wenn ich am Sonntagnachmittag zurückkam, hatte mir der Koch ein Stück Braten zurückgelegt. Das fand ich sehr lieb. Er sah so aus wie der Mann meiner Tante Mariechen. Einmal saßen wir alle beim Essen im großen Speisesaal. Als wir beim Nachtisch waren, erzählten einige Leute Witze. Einen, der auch ein Rätsel ist, habe ich mir gemerkt.
Es ging so:

Die Polizei, die Tänzerin, die Liebe ergibt zusammen 17.

Erklärung:

die Polizei gibt acht	=	8
die Tänzerin tanzt auf Zehen	=	10
der Liebe geht einer ab	=	-1

	=	17

Ich habe es nicht verstanden. Und ich habe verschiedene Leute gefragt. Keiner wollte es mir erklären. Jeder sagte nur. "Du wirst es noch erfahren". Ab und zu mußten wir zwei Frauen mit den anderen Angehörigen die VP antreten und einen kleinen Marsch zu machen. Wir sollten links und rechts neben dem mittleren Hundeführer gehen. Meist haben wir einige Marschlieder gesungen. Es war natürlich bei schönem Wetter und brachte gute Laune. Einige Male fanden auch Schießübungen statt; auch für uns Frauen. Das Schießen geschah im Liegen, denn das Gewehr, genannt Karabiner war sehr schwer. Beim Schießen zielte ich auf einen Pappkopf. Der Rückstoß an meine rechte Schulter beim Schuß war ziemlich stark und verursachte blaue Flecken. Aber es machte trotzdem Spaß. Nicht weit von unserem Standort gab es drei größere Teiche, die sogenannten "Lausiger Teiche".

Abends ging ich bei gutem Wetter mit Lilo dorthin zum Schwimmen.

Die Teiche waren weit bekannt und wurden viel besucht. Jetzt, wo ich ein eigenes Zimmer habe, besucht mich schon mal der Fredi. Aber das war vielleicht zweimal und geschah heimlich. Zu dieser Zeit ist es nicht üblich, daß sich unverheiratete Leute allein in einer Wohnung aufhalten.

Einmal bittet mich Fredi, mit ihm zusammen zu seiner Mutter ins Krankenhaus nach Wittenberg zu fahren. Sie hat eine schwere Krankheit und ich bin ehrlich erschrocken, sie so abgemagert und mit einer dünnen Bettdecke bedeckt dort liegen zu sehen.

Im Büro in Fretzsch bleibe ich noch eine Weile, aber als das halbe Jahr um ist, schreibe ich eine Kündigung. Wäre es meine Absicht gewesen länger zu bleiben, hätte ich mich verpflichten müssen, und zwar für drei Jahre. Und obwohl ich noch nicht wußte, wie mein Berufsleben verlaufen würde, wollte ich nicht für drei volle Jahre gebunden sein. Jetzt mußte ich noch meine Uniform abgeben und das Zimmer räumen. Der Abschied fiel mir nicht schwer. Trotzdem muß ich zugeben, daß ich hier gerne gewesen bin. Hier habe mich hier sehr wohl gefühlt. Man war immer sehr freundlich und respektvoll zu mir gewesen. In Proschwitz konnte ich jetzt in der Herbstzeit gut helfen. Ablenkung durch Fredi hatte ich nicht, denn er hatte sich zum Uranabbau nach Aue im Erzgebirge gemeldet. Viele junge Leute gingen dorthin. Dort konnte man gut verdienen. Fredi machte einen Lehrgang zum Sprengmeister und war dann vor Ort tätig. Wie gefährlich das war, wußte man damals noch nicht und die es wußten, gaben ihr Wissen nicht weiter, weil es ihnen so in den Kram paßte.

Alles gehörte den Russen, waren ja Siegermächte. Jetzt, im Sommer 1950, hatte ich ja Zeit und half auf dem

Feld und auf Hof. Natürlich gab es noch viele Bücher, die ich noch lesen wollte. Im Herbst verstarb Fredis Mutter und er kam zur Beerdigung nach Proschwitz. Plötzlich stand er am Ortsausgang. Ich war überrascht, ihn so chic angezogen zu sehen. Anzug und Oberhemd, das war ich von ihm gar nicht gewöhnt. Aber in Aue verdiente er gut und deshalb die schöne Kleidung. Nach der Beerdigung habe ich ihn erst 1 Jahr später wiedergesehen. All die Zeit dazwischen bekam ich keine Post. Irgendwann, nach unendlich langer Zeit erhielt ich einen Brief aus Johanngeorgenstadt. Aber den hatten seine Zimmergenossen geschrieben. Sie klagten, daß der arme Fredi keine Post von mir erhielt, ich wäre grausam. Mein Gott, bekam ich eine Wut. Er schrieb mir nicht und ich sollte es tun. Ich zerriß diesen Brief der Einmischung und schrieb auf einen Fetzen Papier: Das ist meine Antwort, Du Affe. und steckte alles in einen Umschlag und schickte es an Fredi. Das Jahr 1950 ging zu Ende und ich hatte noch immer keine Arbeitsstelle. Sooft es ging fuhr ich zum Arbeitsamt nach Wittemberg. Aber es gab nichts.

Im Sommer 1951 kann ich in einem landwirtschaftlichen Aufkaufbetrieb im Büro arbeiten. Dazu muß ich jeden Tag mit der Bahn von Wörblitz nach Pretzsch fahren. Im August fahre ich mit vielen Jugendlichen aus der Region zum Treffen der Jugend und Studenten nach Berlin. Es sind die sogenannten Weltfestspiele. Es macht einen Riesenspaß. Für alles ist gesorgt. Unterkunft und Verpflegung und alle Fahrten mit Bahn und Bus sind frei. Wir haben schönes Wetter und können viele Veranstaltungen besuchen. Natürlich wurde nicht so gern gesehen, daß wir in den Westteil der Stadt gingen, aber wer wollte uns das verbieten.

Ich sah zum 1. Mal das Brandenburger Tor, die Kaiser Wilhelm Gedächtniskirche und den Reichstag. Ich war immer mit einem Mädchen aus Wörblitz unterwegs. Einmal kamen wir mit der U-Bahn am Bahnhof Zoologischer Garten an. Wir schauten uns die Auslagen in einem Schaufenster an und ich sagte zu dem Mädchen: "Guck mal hier gibt es wieder Nivea Creme, genau wie vor dem Krieg." "Gibt es die nicht bei Ihnen?" fragte uns ein Mann. Ich drehte mich um und sagte: "Nein". Hinter uns standen zwei sehr elegante Herren und der mich gefragt hatte, meinte dann: "Dem kann ja abgeholfen werden". Ich griff meine Bekannte an der Hand und wir machten uns aus dem Staub. So eine plumpe Anmache habe ich nur dieses eine Mal erlebt. Bald waren wie wieder zu Hause und dachten noch gerne an die schöne Zeit in Berlin und das Lied zu diesen Weltfestspielen: "Im August, im August blüh'n die Rosen."

Bei meinem nächsten Besuch des Arbeitsamtes Wittenberg wurde ich endlich erlöst von der Arbeitssuche. Eine Angestellte schaute sich mein Handelsschulzeugnis an und fragte, ob ich nicht Russischlehrerin werden wollte, weil ich in Russisch eine 1 auf dem Zeugnis hatte. Das Studium würde 6 Semester, also 3 Jahre dauern. Aber ich entschied mich dann für ein Studium als Unterstufenlehrerin und begann mit dem Studium am 1.9.57 in Halle an der Saale. Später nach dem Examen konnte ich mich an einer Kunsthochschule in Berlin melden um dann Zeichenlehrerin zu werden. Aber das hatte erst mal Zeit. In Halle bezog ich ein Studentenzimmer in der Nähe des Institutes. Ich wohnte bei den Eltern meiner ehemaligen Kollegin von der Volkspolizei, die ja aus Halle stammte. Vom Staat erhielt ich monatlich 130 DM Stipendium. Das Zimmer kostete 25 DM. Fahrkarten brauchte ich nur von Worblitz nach Halle und zurück. Ich war Mitglied der FDJ und der Deutsch-Sowjetischen Freundschaft. Das hat auch Beiträge gekostet. Man wollte mich auch für die Deutsch- Polnische Freundschaft werben, aber das lehnte ich ab, da die Polen meinen Onkel und meine Tante vor ihrem eigenen Scheunentor erschossen hatten. Für meine Verpflegung konnte ich nicht im Voraus bezahlen, das gab es da noch nicht. Natürlich habe ich oft Kohldampf geschoben, aber ich hab auch gelernt und es hat mir sogar Spaß gemacht. Hier in der Stadt wohnte ganz in meiner Nähe Tante Greta, Papas junge Schwester. Ihr Mann war Redakteur bei einer Zeitung in der Großen Ullrichstrasse. Meine Tante und ich trafen uns ab und zu.

Einmal lud sie mich in ein Cafe ein. Es war richtig schön. Und meinen Hunger konnte ich auch mal wieder stillen. Anschließend schauten wir uns Schaufenster an. Wir standen Arm in Arm und bewunderten in der Auslage herrliche Teppiche. Auf einmal hackte sich auf meiner Seite ein alter Mann in meinen Arm ein. Ich bekam Angst und machte Tante Greta auf den Kerl aufmerksam. Sie wurde richtig wütend und schrie den Alten an: "Sie Schwein, lassen Sie sofort meine Nichte los!" Er verschwand sehr schnell.

Zu meinem Studentenzimmer muß ich schon ein paar Stockwerke hinauf. Das geht auch ganz gut, sogar nach meinem ersten Sportunterricht. Aber am nächsten Tag ist es eine unbeschreibliche Qual die Treppen hinunter zu gehen. Die Oberschenkel reißen höllisch und ich kriege kaum Luft. Im Institut gefällt es mir sehr gut. Die meisten Leute sind nach einer Berufsausbildung hier. Kaum einer hat Abitur. Es ist meist wie bei mir eine gute Lösung um wieder zu einem Beruf zu kommen. Wir sind etwa 30 Studenten in meiner Abteilung. Ich glaube wir sind in diesem Gebäude mit 10 Klassen untergebracht.

Die Dozenten gefallen mir alle sehr gut, bis auf einen. Er ist der Sportdozent. Besser wäre er in einem Strafbataillon am Platze. Der hat mich getriezt, wenn ich an den Ringen hing oder über den Kasten grätschte. Er hat mich auch verspottet, wenn ich eine gymnastische Übung machte. Im Sommer machte ich das Fahrtenschwimmer Abzeichen. Da befahl er mir von einer Brücke in den Kanal zu springen, wenn ich nicht riskieren wollte auf dem Zeugnis für Sport eine 6 zu haben.

Ich will nicht nur von diesem Dussel schreiben, denn sonst machte mir hier alles Spaß. Abends saßen wir oft zusammen mit den Mädchen von der letzten Bank und kauten noch mal durch, was uns in den Vorlesungen vermittelt worden war. Die Gemeinschaft unserer Abteilung war prima. Ein Mädchen in unserer Reihe hatte einen Freund in Aue. Wenn sie ihn besuchen wollte, ging dies nicht ohne eine Einreisegenehmigung. Sie bot mir die Genehmigung an und ich reiste vor Weihnachten 1951 in das Sperrgebiet Johanngeorgenstadt— Aue. Dort wurde Uran abgebaut. Natürlich war Fredi sehr überrascht mich zu sehen, aber gefreut hat er sich nicht. Er brachte mich dann auch ziemlich schnell zu Elfrun, meiner alten Schulkameradin. Sie war hier bei ihrer Schwester und ihrem Schwager. Auch sie arbeitete bei der Wismuth AG. Ich hatte mich noch eine Weile mit Fredi unterhalten und erfahren, daß er mir oft geschrieben hatte. Aber ich habe nie Post von ihm erhalten. Das ließ doch nur eine Vermutung zu, nämlich daß die Briefe von meiner Mutter unterschlagen worden waren.

- Meine Mutti, die immer nur das Beste für mich wollte, hatte mir das angetan. Wahrscheinlich war der Fredi nicht gut genug für mich, schließlich war er ja katholisch.

Ich wußte damals nicht, was das eigentlich war, katholisch. Gerade in der Zeit nach dem Krieg ist die Religion ganz unwichtig gewesen. Der liebe Gott hat auf uns alle aufgepaßt. Das wußte ich ganz sicher. Darüber sprach man nicht, weil es selbstverständlich war. Als ich nach Weihnachten wieder das Studium aufnahm bekam ich Ärger mit den Studenten, die über mir wohnten. Das Fenster in meinem Zimmer hatte keine Gardinen und die zwei Jungen über mir ließen eine Schnur mit einem Spiegel daran soweit herunter, daß sie mir ins Fenster gucken konnten. Und so was studierte Medizin. Also suchte ich mir eine andere Studentenbude. Ich kam bei Frau Schneide unter. Die war so lieb wie eine eigene Oma.

Ich denke noch oft und gerne an die alte Dame zurück. Leider wurde sie sehr krank und ich habe sie auch mal im Krankenhaus besucht, aber weil sie so schwer litt, hat sie sich leider das Leben genommen. Ich habe das bis heute nicht verwunden.

30.04.1952, ein Tag vor dem 1. Mai, dem wichtigsten Feiertag für die Arbeiter. Wir blieben in Halle. Also am Abend davor ging ich mit meiner Clique ins Kurt-Wabbel-Stadion. Da traten russische Akrobaten auf. Sie nannten sich "Brigade der Luft". Anschließend gab es ein Bildfeuerwerk. Es wurde z.b. das Brandenburger Tor dargestellt. Es hat mir alles gut gefallen. Am 1. Mai sollten wir uns an der Saalebrücke aufstellen um einer Radlergruppe zu applaudieren. Abends gab es Tanz und das ging bis zum frühen Morgen. Aber das Schlimmste war: Ich brauchte wieder eine neue Behausung.

Die neue Bleibe war ein nettes Zimmer in einem kleinen Häuschen außerhalb von Halle. Von nun benutzte ich die Straßenbahn. Das war nicht so schlimm. Schlimm war meine neue Vermieterin, ein richtiges Aas. Sie hatte einen netten Mann und einen erwachsenen Sohn und passte höllisch auf die beiden auf. Jedenfalls habe ich den Sohn nie zu Gesicht bekommen. Mensch war die Frau furchtbar. Aber ich wollte dort doch nur wohnen, weiter nichts. Jetzt war es draußen schon warm, so daß man baden gehen konnte. Es gab da ein Schwimmbad gar nicht so weit draußen, das bekannte Kanalbad. Ich kaufte mir eine Eintrittskarte für die Saison. Die Kassiererin gab mir das Wechselgeld von einem Zwanzigmarkschein statt für 10 Mark. Statt den Irrtum aufzuklären hielt ich das Ganze für einen Glücksfall und freute mich über den Geldsegen. Ich war so richtig in "Fahrt" und nahm gleich die nächste Gelegenheit war um Geld zu verdienen. Ich stieg in die Elektrische und bezahlte nicht. Am Ende wurde ich

doch erwischt und durfte auf einem Amt 10 Mark Strafe zahlen. Man fragte mich, was ich denn studiere.
Ich sagte: "Auf Lehramt". "Was" sagte der Beamte "und da schämen Sie sich nicht?" - Mein Gott, habe ich mich geschämt!
Bei dem anhaltend schonen Wetter gingen wir Studenten aus meiner Abteilung jetzt jeden Tag zum Schwimmen ins Kanalbad. Oft knurrte mir der Magen, dann borgte ich mir ein paar Mark, kaufte ein Kommißbrot und Margarine. Die Stullen haben ganz toll geschmeckt und man kriegte so richtig gute Laune. Im Bad mußte man sich jeden Tag einen neuen Platz suchen. Manchmal machten einen die Männer richtig an, aber man konnte ja nein sagen. Einmal war da so ein Jüngelchen. Der war richtig niedlich. Ich fragte ihn, "Na, wie alt bist Du denn?" und er antwortete ganz brav: "Ich werde in diesem Monat 17." Ich riet ihm zu seiner Mutti nach Hause zu gehen. Gemein von mir, aber schließlich war ich schon zwanzig.
Einmal hatte ich ganz großes Pech. Als ich aus dem Wasser stieg und am Ufer zu meinen Sachen wollte, fehlten meine Papiere, auch die Taschenuhr, die Papa mir mitgegeben hatte. Ich fand noch mein Kleid und meine Schuhe. Da auch mein Ausweis weg war und der Hausschlüssel, mußte ich dies der Polizei melden. Das gab einen Riesenärger, im nassen Badeanzug mit dem Kleid darüber war es auch ganz schön eklig. Am schlimmsten aber war der Ärger mit meiner Wirtin. Sie tat gerade so, als hatte ich das Ganze arrangiert. Nach einer gewissen Zeit erhielt ich Nachricht, daß meine Papiere gefunden waren. Für zehn Mark konnte ich sie bei einer bestimmten Adresse abholen. Ich ging also hin und erhielt meinen Ausweis und mein Handelsschulzeugnis. Allerdings hatte sich jemand mit dem Zeugnis nach dem Stuhlgang den Hintern abgeputzt. Ich versprach, die 10 Mark nach Erhalt meines Stipendiums zu bringen, dachte aber nicht dar-

an, das zu tun. Ich hatte den Kerl nämlich in Verdacht, mir die Sachen selbst gestohlen zu haben.

Die Zeit raste nur so dahin. Nun mußten wir allerhand Prüfungen machen. Eigentlich waren die Monate Juni und Juli zu schade zum Drinsitzen. Die Fächer Deutsch, Mathe und Russisch wurden schriftlich erledigt. Aber Psychologie, Pädagogik, Marxismus usw. wurden mündlich abgefragt. Das hieß dann mal 1 Stunde mündliche Prüfung dann zwei Tage frei. Aber es klappte ganz gut. Man kam als in die Klasse rein, nahm sich von dem Tisch einen der vielen Zettel, die da aufgereiht lagen, las die Prüfungsfrage durch und setzte sich irgendwo hin und machte Notizen. Um das Ganze ein bißchen aufzulockern saßen drei Dozenten an der Tafelseite, hatten Kaffe und Berliner auf ihrem Tisch und waren schon sommerlich gekleidet und guter Laune.

Endlich hatte ich wieder mal zwei Tage frei. Natürlich ging es ab ins Freibad. Ich schlenderte so den Fluß entlang um einen Liegeplatz zu finden. Plötzlich wurde ich angesprochen: "Geh nicht weiter, weiße Blume, hier ist ein schöner Platz für Dich!".

Ich blieb stehen, ich konnte einfach nicht weitergehen. Hier war mein Platz. Es war so selbstverständlich. Es gab keine Überlegung mehr, es war nur das Gefühl, endlich habe ich meinen Platz gefunden.

Ich will den Mann nicht beschreiben. Nur so viel: Er war 27 Jahre alt, hieß Viktor und sah aus, wie man sich den Traummann vorstellt. Mit Viktor zusammen hatte ich keine Angst mehr lange Strecken im Kanal zu schwimmen. wir haben uns über den Krieg und seine Auswirkungen unterhalten. Er erzählte mir von seinem langen Weg nach Halle. Ein paar Mal hat er mir auch geschrieben. Seine Schrift war wie gemalt. Die Prüfungen habe ich "mit links" geschafft, in so einer glücklichen Stimmung war ich. Morgens war er mein erster Gedanke und abends mein letzter. Wir verabredeten uns immer im Kanalbad. Einmal sah ich ihn an der Bahnstation, ging hin zu ihm und küßte ihn. "Aber Christel", sagte er "Du weißt doch, es ist verboten." Das kann man nicht verstehen, und doch war es so. Er war Besatzungssoldat, war Ukrainer und stammte aus Odessa. Er gehörte der russischen Armee an, war ein russischer Offizier. Mir war das egal. Wir trafen uns weiter heimlich so lange ich in Halle war. Aber der Sommer ging zu Ende und wir trennten uns. Darüber schreibe ich nicht, weil es so schmerzlich war.

Im August konnte man noch einfach so Baden gehen. Die Elbe war nicht weit und in den Buhnen war es auch ungefährlich. Aber mein kleiner Bruder probierte, wie die Strudel mitten in der Elbe wirken. Im allerletzten Moment hat Ulli den Kleinen noch gepackt und herausgezogen. Ich glaube, jetzt war die Haue, die er von seinem großen Bruder erhielt, ehrlich verdient. Mein Gott, ist mir der Schreck in die Glieder gefahren, als Ulli mir von dem Vorfall erzählte.

Ab 01.09.52 war ich Lehrerpraktikantin an der Zentralschule in Dommitzsch. Ich sollte eine dritte Klasse unterrichten. Zwei solche Klassen gab es und ich hatte die Wahl, meine kleine Kusine oder meinen kleinen Bruder Hans zu unterrichten. Ich entschied mich für meine Cousine. Bei meinem kleinen Lieblingsbrüderchen wäre ich zu sehr auf ihn fixiert gewesen. Es war sehr lustig, wenn mich meine Cousine mit Fräulein Weidhofer ansprach. Ich habe außer den Drittklässlern noch zwei sechste Klassen unterrichtet. Hier gab ich nur Zeichenunterricht. Je länger ich in der Schule tätig war, desto mehr merkte ich, daß der Lehrerberuf richtig für mich war. Ich liebte meine Schüler sehr. Sie waren so formbar, so empfindsam, so liebenswert und immer erpicht, etwas Neues zu lernen. Kleine Menschenkinder, mit denen man behutsam und ruhig die Lernziele ansteuern konnte. Für den Schulweg kaufte ich mir ein Fahrrad. Sonst hätte ich viel kostbare Zeit mit dem Fußmarsch vertan.

Das Jahr 1952 ging zu Ende. Im Neuen Jahr 1953 gab es ein paar Feste, die ich besuchte. Zusammen mit Hilde B. ging ich zum Maskenball. Wir erhielten sogar einen Preis, weil unsere Kostüme so schon waren. Dabei habe ich sie selber genäht. Auf diesem Fest lernte ich einen Lehrer kennen, der an einer Dorfschule tätig war. Ich sollte ihn mal besuchen und so fuhr ich mit dem Rad dort hin. Mein Studienkollege Kurt, der Freund von Christa fuhr auch mit. Kurt besuchte dort den Cousin von Christa, der auch an dieser Schule unterrichtete. Wir hörten uns den Unterricht der beiden Lehrer an und waren begeistert. Anschließend lud mich Werner in seine Wohnung ein. Als erstes fiel mir eine Schüssel mit schmutzigem Wasser auf, die aus seinem Waschtisch stand.

Jetzt versuchte er mit mir zu schmusen, aber die Wirkung der Schmutzwasserschüssel hatte alle seine Chancen zunichte gemacht. Kurt und ich fuhren bald wieder in unseren Schulort zurück.

Am Anfang des Jahres hatte Papa den Hof, das Vieh und die Ländereien an die LPG übergeben. Jetzt wurde von staatlicher Seite alles für die Landwirtschaft getan. Papa hatte nun keine Arbeit mehr und auch kein Einkommen. Ich erinnere mich noch als der Ulli 1949 eine Lehre als Schlosses machen sollte. Von der Firma, der "Spiritus Inspektion" wurde verlangt, daß er während der Woche im Lehrlingsheim in Wittenberg bleiben sollte. Leider klappte das nicht, aus welchen Gründen auch immer. Und so brach er die Lehre ab und half von nun an dem Papa auf dem Hof. Und nun, mit 18 Jahren meldete er sich bei der Volkspolizei. Er versprach Papa, ihn finanziell zu unterstützen. Was er in der Zukunft auch getan hat, Mutti und Papa waren Ulli sehr dankbar und fanden es sehr anständig von ihm. Gleichzeitig deprimierte es sie auch sehr. Sie wollten immer nach Westdeutschland. Hier würde Papa bestimmt Arbeit bekommen. In dieser Zeit war ich mit meinem Lehrerstudium dran und Gerd machte eine Lehre als Maurer.

Jetzt im Frühjahr bestand die Möglichkeit, den Motorradführerschein zu machen und deshalb trat ich in die Gesellschaft für Sport und Mechanik ein. Zunächst einmal fuhr ich mit einem Kollegen eine Fahrt auf dem Rücksitz des Motorrades. Leider saß ich nur auf einem Gepäckträger nicht auf einem Sozius. Auch die Fußrasten hatten keinen Gummibezug, so daß ich abrutschte und im hohen Bogen, plus Salto, auf die mit Kohlenstaub versehene Straße sauste. Das Ergebnis war ein verstauchter linker Knochen ein kaputter Mantel und eine Krankschreibung. Und das alles vor Ostern. Da wir beide frei hatten, fuhren Papa und ich nach Berlin. Tante Greta und Familie lebten jetzt hier und wir schliefen wahrend unseres Berlin Aufenthaltes bei ihr.

Ich habe Papa mit in den Westsektor genommen und lud ihn zu einem Film mit Rita Hayworth ein. Wir hatten großen Spaß daran. Auf der Westseite vom Brandenburger Tor kaufte ich mir eine Armbanduhr. Bei Westware konnte man sicher sein, daß die Uhr auch gehen würde. Mit meinem Cousin Werner besuchte ich Museen und Gemäldeausstellungen. Gern wäre ich in Berlin geblieben, aber der Schuldienst rief mich zurück. Im April 53 starb Stalin und meine Schüler schmückten sein Bild mit einem schwarzen Band. Ich hatte an diesem Tag Weiterbildung in Torgau und hatte den Termin verpaßt. Meine Schüler lernten fleißig und ich war richtig glücklich darüber. An einem Tag im Juni hatte ich wieder frei und ging gleich am frühen Morgen mit Papa in den Wald zum Blaubeeren sammeln. Als Papa und ich wieder nach Hause kamen, sagte uns Mutti, daß es eine Revolution gegeben hat. Am Abend war Gerd, der morgens mit dem Bad zur Berufsschule gefahren war, noch nicht zurück. Wir hofften daß ihm nichts passiert sein würde. Gegen Abend stand am Dorfausgang ein russi-

scher Panzer. Es war richtig beängstigend. Gerd kam erst am nächsten Tag heil und gesund wieder nach Hause. Die Polizei hatte ihn angehalten und verlangt, daß er sofort nach Hause fährt. Eigentlich wollte er fort von Zuhause und war in Richtung Berlin gefahren, um in den Westen abzuhauen. Ohne weitere Zwischenfälle verlief mein Urlaub. Im August fuhr ich noch mit einigen Lehrern und vielen Schülern nach Dresden. Einen Monat von seinem zweimonatigen Urlaub stellte jeder Lehrer als Beaufsichtigung für Schüler in Ferienlagern zur Verfügung. Die Bahnfahrt und alle Erlebnisse waren teils lustig teils ärgerlich. Aber eigentlich konnten wir mit dem Ablauf der Ferienspiele zufrieden sein. Unsere Rückfahrt von Dresden bis Torgau machten wir auf einem Elbdampfer. Das Wetter war schon und man konnte sich richtig ausruhen. Ab 01.09.53 war ich wieder Studentin der Pädagogik am Institut für Lehrerbildung in Leipzig. Die Stadt gefiel mir gut. Mein Zimmer kostete 25,-- Mark. Ich wohnte mitten im Zentrum, fuhr aber trotzdem mit der Straßenbahn . Jetzt hatte ich noch 2 Semester zu studieren. Mutti und Papa wollten so lange mit ihrem Weggang aus der DDR warten, bis ich meinen Abschluß gemacht hatte.
Ich lernte wieder viele interessante Leute kennen, Dozenten und Studenten. Oft ging ich ins Theater und erkundete die Stadt. Meist waren wir so als Clique mit vier Leuten unterwegs. Es gab noch Lebensmittelkarten und eine Zuteilung von Kohle zum Heizen des Studentenzimmmers. Wenn ich die 130,- Mark Stipendium bekam, bezahlte ich die Bude, FDJ, Theaterabo. So dass mir etwas Geld für die wöchentlichen Heimfahrten übrig blieb. Viel Geld für Lebensmittel blieb mir nicht. Ich habe hier in Leipzig, genau wie in Halle sehr oft Hunger gehabt. Na gut, auf diese bequeme Weise bin ich schön schlank geblieben. Die Vorlesungen waren sehr interessant.

Ich hörte zum ersten Mal von Charles Darwin. Hier erfuhr ich auch, daß nicht der Liebe Gott die Welt erschaffen hatte, sondern in Millionen von Jahren "von selbst" entstanden ist und sich fortlaufend entwickelt und verändert hat. Das schließt natürlich die Entwicklung der Menschheit ein. Und wenn ich nachdachte, fiel mir auf, daß Gott den Menschen aus Erde und Lehm, gemacht hatte, und alles, was auf der Erde entstand und sich verändert hat immer mit Erde zu tun hatte und immer mit ihr in Verbindung bleiben wird. Kurz, wir sind eine Teil von ihr, und wer das begreift, wird sie gut behandeln, denn sie ist das, was wir aus ihr machen, im Guten wie im Bösen.

Um auf mein Quartier zurück zukommen. Das Zimmer befand sich in einem Haus neben einem Café, im Gewandtgäßchen. Ab Spätherbst mußte es beheizt werden. Ab 22.00 Uhr war es nicht erlaubt Herrenbesuche zu empfangen. Natürlich hielt man sich daran. Einmal nahm ich meine kleine Schwester mit nach Leipzig. So eine große Stadt war schon etwas Besonderes für sie.

Alle Fächer wie Deutsch, Russisch, pädagogische Fächer, auch Psychologie und Gesellschaftswissenschaften schaffte ich gut. Nur Mathe war mir verhaßt. Aber schließlich gab es da auch gute Zensuren, wenn man sich nur anstrengte. Einmal wollte einer meiner Mitstudenten noch eben oben in meinem Zimmer eine Zigarette rauchen, aber es war schon nach 10 Uhr. Ich wollte es nicht erlauben, gab aber schließlich nach und wurde prompt gekündigt. Mensch war das ärgerlich. Jetzt suchte ich mir eine neue Behausung. Ich fand ein nettes Zimmer in der Nähe des Völkerschlacht-Denkmals. Das lag ganz schon weit draußen. In diesem Jahr, 1953, wurde die 140-Jahrfeier der Volkerschlacht gefeiert. Nach Weihnachten ging das mit dem Lernen richtig los. Im Frühjahr 54 sollten die praktischen Prüfungen stattfinden.

Einer unserer Studenten war gar nicht zufrieden mit der Höhe unserer Stipendien. Wir erhielten monatlich 130 Mark. Die Medizinstudenten bekamen 150 Mark. Er wollte etwas dagegen tun. Er wollte ein Schriftstück aufsetzen, das wir alle unterschreiben sollten. Ich habe diesen Studenten nicht mehr gesehen und nichts mehr von ihm gehört. Er war einfach nicht mehr da. So einfach war die Lösung. Das ich an Geldmangel litt, war ja klar. Von Papa konnte ich nichts kriegen, da er ja selbst von unserem Bruder Ullrich unterstützt wurde. Aber es klappte trotzdem alles prima. Einmal sparte ich auf eine ganz lustige Weise.

Unsere Clique war im Theater. Es gab "Rigoletto". Sagenhaft, herrlich aufregend, also ich war hin und weg. Aber nach der Vorstellung mußte ich dringend Wasser lassen. Aber wohin mit meinem Drang? Keiner hatte Geld für das Theaterklo. Draußen gab es lange Straßen ohne Nischen. Aber schon dunkel war es und ich hatte ja meine Kollegen. Sie stellten sich in einem Halbkreis gegen ein Gebäude auf und ich begab mich in die Mitte und erleichterte meine Blase. Lustig nicht? Jetzt im Frühjahr 1954 ging also die Zeit der praktischen Prüfungen los. Camilla und ich sollten unsere Prüfungen an der Zentralschule Rochlitz an der Mulde ablegen. Für einen Monat mieteten wir uns jede ein Zimmer. Mein Zimmer war etwas außerhalb gelegen, und zwar in Saßnitz. (Einen Ort gleichen namens gab es auch auf der Insel Rügen). Ich ging jeden Tag zweimal über eine Hängebrücke, die über die Mulde führte. Das war ein gang neues Gefühl in meiner Magengrube. Hier an der Schule hospitierte ich jeden Tag in einer 2. Klasse und unterrichtete auch im Beisein der Klassenlehrerin. Es machte richtig Spaß und die Kinder waren sehr artig. In der Stadt haben Camilla und ich uns auch überall umgesehen und die Gegend erkundet. Schließlich schrieben wir über die Schule und den Ort eine längere Abhandlung, die später auch benotet werden sollte.

Am Ende des Monats fand die Prüfung statt. Ich hielt im Beisein des Schulrates und einiger Dozenten zwei Unterrichtsstunden ab. Eine in Deutsch und eine in Rechnen. Da ich ganz gut im Zeichnen war, baute ich Tafelzeichnen in den Unterricht mit ein. Nachdem die Prüfung beendet war, fuhren die "Herrschaften" wieder nach Leipzig zurück. An dieser Schule habe ich noch an einer Klasse hospitiert wo nur Kinder mit Lernschwierigkeiten unterrichtet wurden. Es war zu traurig. Man bot mir eine Lehrerstelle für so eine Klasse an und bot mir auch mehr Geld als das Lehrergehalt. Ich habe abgelehnt. Ich konnte es einfach nicht. Wenn ich jemand unterrichte und er begreift nicht, was ich meine, nicht beim erst Mal, nicht beim zweiten Mal. So ist doch alles nutzlos. Es gibt keinen Erfolg und den wollte ich unbedingt haben. So verstehe ich meinen Beruf. Gesunde Kinder sind so formbar. Natürlich taten mir diese Kinder leid, aber sie brauchten kein Mitleid, sondern einen Lehrer, der voll und ganz in seiner Aufgabe aufging. Nach den Prüfungs- und Unterrichtsstunden fuhren wir wieder nach Leipzig. Es gab noch Vorlesungen und Seminare. In Kunst brachte die Dozentin Ton für den Unterricht mit. Es sollten Gebrauchsgegenstände geformt werden. Ich ließ mir sehr viel Ton geben und formte daraus einen Mädchenkopf. Er war gut gelungen, aber meine Arbeit habe ich nicht wieder gesehen. So ging es mir immer, wenn ich eine Zeichnung abgab, war sie für mich verloren. Ärgerlich, wenn man "seine Kinder" nicht wieder sieht. Nachdem wir auch die schriftlichen und mündlichen Prüfungen hinter uns hatten, veranstaltete das Institut eine Abschlußfeier bei der es auch die Abschlußzeugnisse für das bestandene Staatsexamen geben würde.

Die "Herrschaften" saßen auf einer Bühne. Man ging eine kleine Treppe hoch, um das wichtige Dokument entgegen zu nehmen. Mir war sehr feierlich zumute. Es kam mir vor, als würde ich in einem Film mitspielen. Nein Gott, war ich stolz.

Und dieses Gefühl ist jetzt in mir drin. Ich habe das Staatsexamen bestanden und darf Kinder unterrichten. Lieber Gott, ich danke Dir!

Nun war mein Studium abgeschlossen, allerdings sollte noch innerhalb der nächsten zwei Monate eine einmonatige Ferienarbeit mit Kindern abgeleistet werden. Ich wählte den August dafür.

Jetzt im Juli fuhren Mutti und Papa nach Westdeutschland zu Verwandten und ich sollte auf die Kinder aufpassen. Es klappte ganz gut, nur hat mein kleines Brüderchen die Finger nicht vom Elektrokocher lassen können und prompt kriegte er "einen gewischt". Es war so schlimm, daß ich ihn ins Bett steckte. Jetzt im Juli 1954 stand die Fußball WM bevor. Gerd und ich verfolgten das Spiel Deutschland gegen Ungarn in Bern am Radio. Wir haben ganz schön mitgefiebert mit unseren deutschen Landsleuten und waren überglücklich, daß wir gewonnen haben. Natürlich war es hier nicht so gern gesehen, daß wir auf Seiten der Deutschen standen, schließlich war Ungarn ja auch ein sozialistischer Staat. Das scherte uns wenig, wir haben gesiegt und darüber glücklich zu sein konnte man uns nicht verbieten.

Mutti und Papa hatten mir aus dem Westen eine schöne lederne Aktentasche mitgebracht. So etwas gab es hier nicht und ich würde sie so gut in meinem Beruf gebrauchen können. Anfang August 1954 fahre ich nach Leipzig. Dort treffen wir uns mit den Lehrern, die sich auch für das Ferienlager Einsiedel bei Karl-Marx Stadt gemeldet hatten. Wir fahren gemeinsam Richtung Chemnitz, wie die Stadt früher geheißen hat. Es waren schon so viele Hauszelte aufgestellt, daß man denn Platz gut eine Zeltstadt nennen konnte. Wir trafen noch viele andere Lehrpersonen und Pionierleiter. Schließlich mußten etwa eintausend Kinder versorgt werden. Für alles war gesorgt und uns hat die Arbeit mit den Kindern sehr viel Spaß gemacht. Einige Kinder kamen sogar aus Westdeutschland. Die Zelte faßten etwa 14 Personen. Wir Lehrer hatten eigene Hauszelte. Jeden Morgen gab es einen Appell. Auch den Abend wurde feierlich "beendet". Morgens wurden die Zeltwände für kurze Zeit hochgekrempelt, damit das Zelt durchlüftet wurde. In dieser Zeit gingen wir von unserer Gruppe und legten den Lehrern, die wir vom Studium her kannten, das Käsepapier vom Harzer Käse unter die Matratzen. Als wir abends von einer Wanderung zurückkehrten, waren alle unsere Schuhe weg. Sie hingen in 2,50 m Höhe oben in unserem Zelt. Das war die Rache unserer Kommilitonen. Sonst verlief alles normal, kleine ärgerliche Zwischenfälle waren nicht erwähnenswert. Naja, ich setzte mich selbst auf meine Brille, so daß mir eine Fahrt nach Chemnitz zur Reparatur nicht erspart blieb. Nach drei Wochen Ferienlager fing es an dauerhaft zu regnen. Es war sehr schlimm. Einige Kinder von Camillas Gruppe wurden krank und so zog die Gruppe in ein Haus, das auch zum Lager gehörte. Wir konnten nicht viel unternehmen und so entschloß sich die Lagerleitung das Lager vorzeitig abzubrechen. Wir brachten die Kinder zu fuß zum Bahnhof Einsiedel. Jedes Kind hatte eine Decke umgehängt, Und es regnete und regnete. Dann hatte ich noch Ärger mit einer Pionierleiterin. Sie schickte ein Kind zu mir mit dem Befehl, ich solle sofort zu ihr kommen. Ich sagte dem Kind:„Sag deiner Pionierleiterin, wenn sie etwas von mir will, dann muß sie schon zu mir kommen, schließlich ist sie jünger als ich. (Außerdem lasse ich mir als Lehrerin von einer ungebildeten Person nichts befehlen.) Letzteres habe ich nur ganz leise zu mir gesprochen. Als sie dann kam, erklärte sie mir, daß dieser Ungehorsam in meine Personalakte eingetragen würde. Mensch, hatte ich eine Wut! Es ist noch keine 10 Jahre her, da haben die Nazis so reagiert und jetzt geht das schon wieder los. Ich wußte nur eins: Das mach' ich nicht mit! Mir kam es sehr gelegen, daß meine Eltern und Geschwister in den Westen gehen wollten. Ich gehe einfach mit und setze mich nicht der Parteiwillkür aus. Jetzt hatte ich 6 Semester studiert, war stolz auf meinen Erfolg und sollte nun kuschen. Niemals!

Ich schrieb Mutti noch schnell einen Brief: Ich gehe den gleichen Weg wie Ihr. Sie hat mich sofort begriffen und als ich am 24. August in Proschwitz eintraf, hatte sie schon das Meiste von meinen Sachen in den Westen geschickt.

Im Nachbarort Dommitzsch, wohnte Ullis Freundin, Lilo mit der Mutter und den Geschwistern. Die wußten, daß wir in den Westen gehen wollten. Am 25. August sind wir Großen noch eben in Dommitzsch im Kino gewesen und haben uns auch von den Lessaus verabschiedet. Am 26.8.54 morgens, ganz früh gingen wir hinten durch die Scheune raus und immer an den Bahnschienen entlang bis zum Bahnhof nach Wörbltz. Wir kauften Fahrkarten nach Wittenberg und dort angekommen, Karten nach Berlin. Kurz vor Berlin, in Jüterbog, hielt der Zug an und alle stiegen aus. Es kamen Volkspolizisten und kontrollierten unsere Ausweise. Bei uns standen vier von ihnen. Für jeden Erwachsenen einer. Das war gut so. Sonst hatten die sich gewundert warum eine ganze Familie nach Berlin fährt. Schließlich konnten wir wieder einsteigen und nach Berlin weiterfahren. Hier angekommen stiegen wir in die U-Bahn und ab ging es in das westliche Berlin. Irgendwo stiegen wir aus, setzten uns in eine Parkanlage und streckten die Beine weit aus und ruhten und ruhten.

Schließlich wurde es Papa zu viel. Er nahm das Geld aus seiner Brieftasche, warf es auf den Parkweg und sagte: "Ich mach nicht mehr mit, ich geh zurück". Dann lief er im Park herum. Gerd hob das Geld auf, gab es der Mutti und ich ging zu einem Schupo und fragte nach dem Weg. Wir fuhren dann kostenlos mit der S-Bahn zum Flüchtlingslager Marienfelde. Dort erhielten wir ein Zimmer und Verpflegung für 2 Tage. Nach 2 Tagen wurden wir in das Flüchtlingslager am Askanischen Platz Nr. 3 verlegt. Papa und die Jungens in einen großen Raum mit vielen anderen Männern. Uns Frauen gab man auch ein großes Zimmer, wo noch mehrere andere Frauen untergebracht waren. Wir Erwachsenen bekamen jeder einen Laufzettel, auf dem standen außer unseren persönlichen Daten Termine und Ämter, bzw. Dienststellen. Alle angegebenen Termine sollten wahrgenommen werden und wurden auf dem Laufzettel bestätigt. z.B. Besuch des Arztes. Hier wurde man von Kopf bis Fuß untersucht, gemessen, gewogen geröntgt und ausgefragt. Da gab es z.b. eine Dienststelle, die hieß "Kampfgruppe gegen Unmenschlichkeit". Hier wurde man nach politischen Dingen gefragt. Beim Besuch dieser Dienststelle sah ich auf dem Flur den geschiedenen Mann meiner Freundin Elfrun aus Dommitzsch. Auch er wartete auf eine Abfertigung.

Über meine Freundin Sophie in Westdeutschland ließ ich Elfrun darüber Nachricht zukommen. Schließlich mußte sie als geschiedene Frau doch wissen, wo der Mann zu erreichen war, der für den Unterhalt ihres gemeinsamen Sohnes zu sorgen hatte. Hier auf diesem Amt wurde auch bestimmt, daß ich so bald wie möglich aus Berlin ausgeflogen werden sollte. Der Grund war, daß ich auf Staatskosten der DDR studiert hatte und dann in den Westen ging, ohne je die Ausgaben, die der Staat durch mich gehabt hatte, abzuarbeiten. War ja auch verständlich. Aber nun mußte ich raus aus Westberlin, damit man mich nicht nach Ostberlin verschleppen konnte. Mein Abflugtermin wurde auf den 27.09.1954 gelegt. Bis dahin habe ich mir mit meinen Geschwistern noch einiges an Baulichkeiten in Westberlin angesehen. Aber wir mußten aufpassen. Damals gab es noch nicht die Mauer, die Ost- von Westberlin trennte.
Im Nachhinein muß ich sagen, daß die Zeit sehr schnell verlief und als der Abflugtermin erreicht war, haben mich meine Angehörigen zum Flughafen Tempelhof begleitet. Es flogen,

so kurz nach dem Krieg nur amerikanische Flieger. Die Fluggesellschaft war die PAN AM. Ich war sehr interessiert, mir alles im Flieger anzusehen. Ich durfte sogar in das Cockpit. Wir flogen bis Hannover. Von hier aus ging es mit einem Bus nach Bremen. Schließlich erreichten wir Westertimke bei Bremen. Es stellte sich als ein großes Flüchtlingslager mit etwa 700 Mädchen heraus. Hier gab es viele Baracken für die Flüchtlinge, aber auch andere Bauten für die Beamten und Angestellten der Institution. Etwa 30 km von Westertimke entfernt gab es noch ein Lager für junge Männer. Die Gruppe, die mit mir von Berlin angekommen war, wurde erst mal separat untergebracht. Am nächsten frühen Morgen mussten wir außerhalb des Lagers Duschen. Es waren separate kleine Gebäude und wir sollten da hinein. Ich hatte eine Wahnsinnsangst, weil ich dachte wir würden hier vergast unter der gemeinsamen Dusche. Mir fielen die Berichte über die Vernichtung der Juden ein. Das waren zu dem Zeitpunkt meine Gedanken.

Da war noch eine freie Dusche. Die anderen Mädchen blieben zusammen, aber ich steuerte die freie Dusche an. Allein wollte ich sein wenn so etwas Schreckliches passieren sollte. Aus meinen Gedanken wurde ich gerissen, als mir ein Mädchen nachrief: "Denkst du, du hast nen besseren Arsch als wir?"

Die Zimmereinteilung war ganz gut, denn man berücksichtigte Schulbildung, Beruf etc. und legte zusammen, was versprach harmonisch miteinander umzugehen. Ich glaube wir waren mit sechs Mädchen in einem Raum. Es klappte ganz gut. Jeden Tag bekam man eine Arbeit zugewiesen: z.B. Arztzimmer putzen, Kartoffeln schälen, Teil des Hofes fegen. Jeder tat etwas. Wir erhielten dafür 0,45 DM. Dann erhielt ich Arbeit in der Großküche, wo für etwa 700 Leute gekocht wurde. Der Tagesverdienst betrug 1,- DM für 8 Arbeitsstunden. Die Arbeitszeit war von 6 Uhr früh bis mittags 14 Uhr oder

von 14 Uhr bis 22 Uhr. Jedenfalls ging so die Zeit schneller herum.
Am 10.11.1954 durfte ich weg von dort. Richtung Goch an der Niers. Onkel Otto, Tante Mariechens Mann hatte mir eine Arbeitsstelle besorgt und Unterlagen darüber nach Westertimke geschickt. Endlich durfte ich per Bahn ab Bremen nach Goch.
Ohne Arbeitserlaubnis kam man nicht aus dem Lager raus. Es wurde eine sehr lange Bahnfahrt. Im Dunklen fuhren wir durch das Ruhrgebiet. Die Hochöfen glühten dunkelrot gegen den dunklen Novemberhimmel. Etwa um Mitternacht erreichten wir Goch. Ich fragte einen Gocher der auch im Zug saß, nach dem Namen Hendricks in der Martin- Fonk Straße. Er zeigte mir den Weg und erzählte, daß dieser Name einer der häufigsten am Ort war. Aber jetzt war ich erst mal am Ziel meiner Reise. Mal sehen, was kommen wird. Erst einmal Fuß fassen und sich nicht unterkriegen lassen. Das Leben nimmt seinen Lauf.
Familie Hendricks, das war Tante Maria, Papas jüngere Schwester, deren Mann Otto, ein gebürtiger Gocher, die beiden Jungen Bernd und Otto, sowie Dagmar, die Jüngste der Familie. Zurzeit wohnten noch Opa und Oma Weidhofer bei Hendricks.
Ich hab mir alles über Goch erzählen lassen und sah, daß hier im Krieg sehr viel zerstört worden ist. Die Stadt war nicht sehr groß, aber sie wuchs. Schließlich kamen viele Flüchtlinge, meistens aus dem Osten, hierher.
Wir gehören zum unteren Niederrhein. Der Ort liegt an dem Fluß Niers, nicht sehr breit, aber für Paddelboote sehr geeignet.
Wir gehören auch zum Rheinland, aber der Fluß nimmt eine andere Richtung. Er fließt in die Maas. Und hier fällt mir wieder ein Teil des alten Textes des Deutschlandliedes ein:
" Von der Maas bis an die Memel..."

Ich kam ja aus Ostpreußen. Dort fließt die Memel. Ich habe mit meiner Familie den umgekehrten Weg genommen: Von der Memel bis zur Maas.
Warum das alles geschehen ist, zeigt die Geschichte, auf die wir Kinder keinen Einfluß hatten. - Jetzt wünsche ich mir nur, daß wir hier eine Heimat finden werden und in Frieden leben können.

Papa und Mutti mit den Kindern sind noch immer in Berlin. Gisela, damals 8 Jahre kam in Krankenhaus "Iltisbau". Als sie wieder raus war, wurde Mutti krank. Wie oft hatten die Eltern den Antrag auf Anerkennung des Flüchtlingsstatus gestellt. Auf dem Laufzettel, den wir jetzt noch haben, sind die meisten Termine mit "abgelehnt" gestempelt. Je länger man im Lager war, desto öfter mußte man als Klofrau tätig sein. Mutti passierte das sehr oft. Wie gern hätte ich etwas für sie getan, aber wie? Am 25.11.54 hatte Mutsch Geburtstag. Sie wurde 47 Jahre. Ich habe ihr eine Karte mit Alpenveilchen gemalt und wünschte doch so sehr, sie endlich in meine Arme schließen zu können?
Am 11.11. wird in jedem Jahr das St. Martinsfest gefeiert. Der Sankt Martin reitet auf einem schönen Pferd und schenkt einem Armen seinen halben Mantel. Alle Kinder, bis zu den Großen, laufen mit vielen bunten Lampions dem Sankt Martin hinterher. Der Umzug geht durch viele Straßen der Stadt. Er dauert eine ganze Weile. Zum Schluß finden sich die Kinder in ihren Schulen bzw. Kindergärten ein und bekommen dort die sogenannte Sankt Martin Tüte, die mit vielen Leckereien gefüllt ist. An meinem ersten Abend in Goch bin ich mit meinen Verwandten zum Zuschauen in die Stadt gegangen. Es hat mir gut gefallen.
Der nächste Tag war für das Arbeitsamt bestimmt. Da zum jener Zeit mein Pädagogikstudium im Westen nicht anerkannt wurde, suchte ich mir eine Stelle im Büro. Der Zettel mit der

Arbeitsstelle, den mir Onkel Otto geschickt hatte, war eine Farce und diente nur dazu, mich aus dem Lager zu holen. Als ich mich nach einer Stelle als Unterstufenlehrerin umsah, wurde mir gesagt, daß ich noch 2 Semester nachzuholen hätte, damit mir der im Osten vermittelte marxistische Einfluß entzogen werden könne.

Na gut, erstmal wollte ich Geld verdienen. Ich landete bei der NAAFI in Laarbruch bei Weeze. Hier sollte ich als Verkäuferin arbeiten.

NAAFI heißt Navi, Army + Air- Force - Institut. Es war ein großes Kaufhaus, nur für die englischen Soldaten und ihre Familien. Deutsche durften hier nicht einkaufen.

In Laarbruch gab es einen Flughafen und es wurde dort gebaut auf "Teufel komm raus". Hier blieb ich ein dreiviertel Jahr und es hat mir gut getan. Auch meine Englischkenntnisse konnte ich verbessern.

Aber im Büro eines Industriebetriebes verdiente man mehr. Die 2 Semester nachmachen wollte ich nun doch nicht mehr. Woher sollte da das Geld zum Leben und Studieren kommen?

In der Zwischenzeit sind Mutti, Papa und die Kinder im "Rahmen des Ermessens" als Flüchtlinge anerkannt worden und in Goch eingetroffen. Wir wohnten ziemlich beengt in den oberen Räumen von Tante Mariechens Wohnung. Oma und Opa hatten jetzt einige Häuser weiter eine Bleibe für sich alleine. Bis zum Sommer 1955 blieben wir Untermieter bei Tante Maria.

Endlich wurde uns eine Wohnung am Leonhardusplatz zugewiesen. Ich weiß noch, wie ich meinen englischen Chef fragte, ob ich einen Tag frei bekäme und er mich fragte: "When do you move?"

Die Wohnung ist schon in Ordnung und endlich habe ich ein eigenes Zimmer. Seit 1944 das erste Mal, wenn man von den Studentenbuden absieht.

1955 besucht uns auch mal meine westdeutsche Freundin Sophie aus Lohn. Mit ihrem Bruder Willi kommen sie mit dem Motorrad. Nach zehn Jahren sehen wir uns wieder. Es war schon ein erhebendes Gefühl. Bald will ich auch die Familie Baumann besuchen, aber es vergeht noch 1 Jahr bis dahin. Im Sommer 1956 fahre ich mit der Bahn nach Lohn, d.h. bis Eschweiler. Die alten Baumanns freuen sich sehr mich zu sehen. Schließlich waren sie in Schwarzau unsere Nachbarn und haben damals in dem großen Polizeigebäude in der gleichen Straße wie wir gewohnt.

Mit Sophie, ihrer Kusine Maria und der ehemaligen Schulkameradin Agnes fahren wir nach Heimbach in der Eifel. Es wird eine sehr schöne Zeit, mit einigen guten, aber auch schlechten Ereignissen.

Wieder in Goch angekommen, geht der Alltag weiter. Ich bin im Büro der Firma Vlinderco angestellt. Es ist ein großer Lebensmittelbetrieb .Hier werden Kartoffeln, Erbsen und Bohnen verarbeitet. Teils kommt das Gemüse in Dosen teils wird es getrocknet.

Gelegentlich geh ich mit einer Bekannten am Samstagabend zum Tanz. Diesmal ist es die Weezer Kirmes, die uns Vergnügen verspricht. Bis dahin haben wir noch keine erwähnenswerten Bekanntschaften gemacht. Also wir haben ein bißchen getanzt und rumgeschaut, aber jetzt war es schon spät und eigentlich müssen wir bald zum Bus. Plötzlich sehe ich einen jungen Mann. Er sitzt an der Theke und schaut irgendwo hin. Als ich komme, schaut er zu mir und nicht mehr weg. Mein Gott, denke ich, das ist "Er".

Wir sagen beide nichts und schauen nur. Endlich zieht mich meine Bekannte weg und erwähnt, daß wir den Bus verpassen, wenn wir nicht sofort aufbrechen. Also kein Wort des Abschieds nur einfach weg zum Bus und nach Hause und ab ins Bett. Da liege ich nun und denke nur an den Mann im Tanzsaal.

Werde ich ihn wiedersehen? Ich bete: „Lieber Gott, mach, daß ich diesen Mann als Ehemann kriege, ich bitte Dich von ganzem Herzen."

Um nicht ganz in meinen Liebesgedanken zu versinken, möchte ich mal über meine Eltern und Geschwister berichten. Also Gisela und Hans gehen in Goch zur Schule. Gerd arbeitet in einer Strumpffabrik in Goch und der Papa mit einer Putzkolonne bei den Engländern auf dem Kasernengelände der Stadt. Mutti versorgt den Haushalt und Gerd und ich geben Haushaltsgeld von unserem Verdienst ab. Hier am Leonhardusplatz gefällt es uns sehr gut. Es ist eine sehr ruhige Gegend. Der Papa baut einen großen Schuppen für das Werkzeug und die Fahrräder und das gehackte Holz. Mutti hat jetzt eine Waschmaschine und eine Schleuder. So nach und nach wird einiges angeschafft. Papa kauft ein Radio, damit wir hören können, was in der Welt geschieht.

Unser Bruder Ullrich ist zurzeit bei der Volksarmee in Erfurt. Inzwischen hat er die Lilo geheiratet. Sie haben jetzt auch schon einen Sohn. Er heißt Jürgen.

Den Mann, der mir in Weeze aufgefallen war, habe ich noch nicht wieder gesehen. Wie sieht der eigentlich aus? Ich weiß es nicht mehr. – Und dann sehe ich ihn doch wieder. Ich fahre mit meinem Fahrrad die Brückenstraße entlang und an der 1. Brücke muß ich absteigen, weil ich ihn sehe. Ich steh da und gucke eine ganze Weile und er schaut auch zu mir hin.

Wie ich sehe, sind hier am Park mehrere Leute mit dem Abriss eines älteren Hauses beschäftigt und mein hübscher Fremder hilft mit. Dann will ich mal nicht stören. Ich fahre weiter zu meiner Firma und der Alltag geht weiter, trotz meiner Sehnsucht nach diesem Mann.

Dieses Wochenende, es ist Samstag der 9.September 1956, findet die Pfalzdorfer Kirmes statt. Also das dauert schon ein paar Tage.

Die Limbecks, das sind die Leute, die über uns am Leonhardusplatz wohnen, fragen mich, ob ich Interesse habe, mit ihnen zusammen zur Pfalzdorfer Kirmes zu gehen. "Tön am Berg", das Gasthaus mit Tanzsaal ist unser Ziel.
Erfahrungsgemäß verspricht es, am Wochenendkirmestag ganz schön voll zu werden. Ich gehe sogar gerne mit.
Es ist schon ein langer Fußmarsch, aber das macht uns nichts aus, schließlich sind wir noch jung. Tön am Berg liegt direkt an der Klever Straße. Ich sehe am Eingang den Mann stehen, den ich schon zweimal gesehen habe und frage den Limbeck, der ja ein Gocher ist, ob er den Mann kennt. "Klar" sagt der, "das ist Willi Schmitz". Und ich frage ihn, ob er mich mit dem Mann bekanntmachen kann. "Natürlich, das mache ich" sagt er.
Zunächst nehmen wir im Saal Platz. Gleich links, der erste Tisch für mehrere Personen ist wie für uns dahingestellt. Nach einer Weile kommt Herr Limbeck mit Herrn Schmitz und stellt ihn mit Theo Schmitz vor. Ich gebe ihm die Hand und sage "Guten Abend" und er antwortet: "Ich werde aber nicht evangelisch" .Ich bin erst mal sprachlos. Hier stehe ich wieder vor einer Frage, die die Religion betrifft. Ich werde später darüber nachdenken.
Wir unterhalten uns ein bißchen. Ich muß ihn immer wieder anschauen. Hübsch ist er, aber sehr männlich. Nachdem mich noch ein Kirmesteilnehmer zum Tanz gebeten hatte und ich wieder an dem Tisch zurückgekehrt war, bat mich Theo, mit ihm in den Keller zu rutschen. Man konnte auf einer Rutschbahn in das untere Geschoß rutschen. Unten war eine Bar. Wir standen dann an der Theke und tranken "Kakao mit Nuß". Ein sehr leckerer Likör.
Da muß ich mich wohl ein bißchen gekleckert haben, denn plötzlich küsste mich Theo mehrere Male neben meinem Mund.

Wir blieben noch eine ganze Weile dort unten. Schließlich begleitete mich Theo nach Hause. Wir verabredeten uns für den nächsten Tag, ein Sonntag, und blieben seitdem "zusammen".

Von nun an verging die Zeit wie im Fluge. In meiner Firma schaute ich immer aus dem Bürofenster, wenn ich hörte, daß Theo mit dem Trecker vorbeifuhr.
Manchmal, wenn er auf der Heimfahrt war, nahm er mich mit. Es hat richtig Spaß gemacht. Eine andere Kollegin wurde mit dem PKW von ihrem Freund abgeholt. Aber wer konnte schon mit einem Trecker mitfahren? Das war etwas Besonderes.
Als ich den Theo bei mir zu Hause vorstellte, wunderte sich die Mutti. Sie sind aber groß!
Na ja, er war ja etwa 1,92 m. Aber, daß er katholisch war, stand diesmal nicht zur Debatte. Und ich bin sicher, daß Mutti das wußte. Aber, was will man in einem katholischen Land schon dagegen tun? Vielleicht war ihr Theo so sympathisch, daß ihr seine religiöse Zugehörigkeit zweitrangig erschien.
Als ich Theo in seinem Zuhause besuchte, erfuhr ich, daß seine Mama am Anfang des Jahres 1956 gestorben war. Jetzt machte Theos Schwester Käthe den Haushalt. Sie ist 21 Jahre alt, Theos vier Brüder sind auch alle jünger als Theo. Theo ist 24. Da gibt es noch eine kleine Schwester von 12 Jahren.
1944 ging Theos Vater zum Militär. Er kam in die Tschechei. Die Gocher Bürger wurden fast ausnahmslos evakuiert. Die Front lag nahe und es wurden schwere Kämpfe erwartet.
Also die Familie kam in die Magdeburger Gegend. Hier gebar Frau Schmitz ihre Tochter Ursula.
Im Sommer 1945, nach Beendigung des Krieges kehrten alle nach Goch zurück. Der Vater war inzwischen auch zu Hause. Nach Beendigung seiner Schulzeit mußte Theo bei seinem

Vater im Fuhrgeschäft mitarbeiten. Dem Fuhrgeschäft war eine kleine Landwirtschaft mit etwas Vieh angeschlossen. Also Mutti und Papa finden Theo sehr sympathisch. Die Zeit vergeht. Wir haben eine sehr schöne Zeit miteinander. Im Jahr 1957 geht es meiner Firma schlecht und viele Beschäftigte müssen entlassen werden, so auch ich. Ich probiere auf Gut Glück einige Angebote anderer Firmen aus. Z.B. bei einer Schuhfabrik in Kleve - Das wurde aber nichts. Dann beim Gericht auf der Schwanenburg. Hier nahm ich ein Stenogramm auf, um dann den Text mit der Schreibmaschine zu übernehmen. Arbeitszeit und Fehlerlosigkeit überzeugten die Prüferin und ich konnte dort sofort anfangen. Aber, als ich dann hörte, wie wenig ich verdienen würde, habe ich auf den tollen Posten verzichtet. Ich beginne dann bei Textilmoden Baums in Goch im Büro. Es gibt aber sehr viel weniger Geld als im Industriebetrieb. Hier bleibe ich etwa ein Jahr.

1958 fange ich bei der Firma Unifranck in Goch an. Es ist ein gut bezahlter Büroposten. Man bekommt auch Weihnachtsgeld sowie Mitte des Jahres einen zusätzlichen Bonus. Er nennt sich Dividende.

In diesem Betrieb brachte ich auch Papa unter. Er konnte als Magazinverwalter anfangen und es gefiel ihm sehr gut. Zudem brauchte er hierdurch nicht mehr so schwer körperlich arbeiten.

Theo und ich verlobten uns an Weihnachten 1958. Wir feierten das ein bisschen bei uns am Leonhardusplatz. Von Theos Familie fehlten nur Bernd und Alfons. Es war eine richtig schöne Feier.

Dann geht es in das Jahr 1959. In diesem Jahr erging es mir nicht besonders gut. Ich erlitt in der Firma einen Nervenzusammenbruch. Ich wurde krankgeschrieben und fuhr sogar zur Erholung in den Schwarzwald. Durch den zur damaligen Zeit obligatorischen „Krötentest" stellte man bei mir eine Schwangerschaft fest.

In einem Brief an meinen lieben Verlobten teile ich ihm diese Neuigkeit mit. Er soll sie auch seinem Vater (Arbeitgeber) mitteilen. Alles andere besprechen wir, wenn ich wieder zu Hause bin. Mein Gott, bin ich froh, als ich bei meiner Ankunft am Gocher Bahnhof endlich in die Arme meines lieben Theo sinken kann. Mutti und Papa sind auch da. Wir gehen gemeinsam zum Leonhardusplatz. Jetzt erfahren meine lieben Ollschen auch von meiner Schwangerschaft.

Als ich mich wieder auf meiner Arbeitsstelle zurückmelde, überreicht mir mein Chef die Kündigung. Dafür bekam er meine Schwangerschaftsbescheinigung. Er nahm die Kündigung sofort zurück.

Jetzt planen wir unsere Hochzeit. Ich melde mich in Goch in der Kirche Maria Magdalena und vereinbare den Trauungstermin 20.06.59 in der Kirche "St. Mariae Himmelfahrt" in Marienbaum. Vorher gehe ich einmal zur Beichte und zwar nach Kevelaer. Ich beichte, daß ich mit meinem Verlobten geschlafen habe und schwanger bin. Dann muß ich ein „Vater unser" beten.

Ich habe es gerne getan, weil mir danach war. Was ich aber bei der ganzen Beichterei nicht verstehe, erstens mal geht es doch niemanden etwas an, was ich getan habe, wenn es nicht gerade ein Verbrechen ist, und zweitens, die "Strafe" ein Gebet?

Als evangelische Christin werde ich das nie akzeptieren, auch wenn ich später einmal der katholischen Kirche beitreten werde.

Die Hochzeit in Marienbaum hat mir sehr gut gefallen. Die Kirche finde ich sehr schön. Nach der Trauung wurde das Abendmahl gefeiert, das heißt alle erhielten die Hostie nur wir evangelischen Christen nicht.

Mehr habe ich nicht daran auszusetzen. Endlich bin ich mit meinem Liebsten zusammen, wir haben das Schlafzimmer im Wohnzimmer meiner Eltern. Mit meinen neuen Schlafzimmermöbeln sieht es sehr hübsch aus. Nur nachts bleiben wir erst mal hier am Leonhardusplatz.

Inzwischen wird in der Klever Straße Nr. 29, den ehemaligen Elternhaus von Theos Vater im 1.Stock eine Wohnung renoviert und da ziehen wir dann ein. In unserer Küche steht nun ein so genannter "westfälischer Herd", ein alter, neu gestrichener Küchenschrank, Tisch und Stühle. Alfons hat uns noch ein Sofa gemacht. Er ist ja Polsterer von Beruf. Für das Wohnzimmer kauften wir uns einen schonen neuen Schrank. Die Polstergarnitur hat auch der Alfons gemacht. Es sah alles sehr hübsch aus. Für uns wurde extra ein neues Bad eingerichtet. Nur aufs Klo ging man eine Treppe tiefer. Es gefiel uns alles, und das Allerwichtigste war, daß wir zusammen waren und für uns allein.

Am 07.11.59 wurde unser Sohn Ulrich geboren. Süß war er. Aber ich musste wieder arbeiten gehen und so hat Mutti den Kleinen wahrend der Woche am Leonhardusplatz versorgt. Das klappte ganz gut und die beiden Ollschen hatten ihren Spaß an dem Kleinen. Samstag, Sonntag nahm ich ihn immer.

Im August 1961 wurde mein geliebtes Berlin von den Ostdeutschen durch eine riesige Mauer in Ost und West geteilt. - Wie sollte das jetzt mit Deutschland weitergehen? Schließlich wollte ich die Stadt Berlin und evtl. die Heimat Ostpreußen wieder sehen. Konnte man das jetzt ganz streichen oder würde sich später Mal alles normalisieren? Lieber Gott, verlaß Deutschland und die Menschen nicht.

Auch Mutti und Papa litten darunter, dass keine Aussicht auf eine Wiedervereinigung bestand.

Die Zeit verging wie im Fluge. 1962 haben wir noch eine Tochter bekommen. Wir nannten sie Ute. Als ich die Kleine, um sie zu wickeln, auf das Sofa legte, bat ich das Brüderchen aufzupassen, daß sie nicht runter fiel. Uli sah das nackte Kör-

perchen und staunte. Er fragte: "Hat der nicht kein Pille-
mann?"
Ach, es war eine schöne Zeit mit den beiden. Eine sehr schöne Zeit für uns vier. Bei Utes Nachuntersuchung im Gocher
Krankenhaus sagte der Frauenarzt Dr. Bertram, als er Ütchen
da so liegen sah:" Wie schön sie ist!"
Recht hatte er, meine Kleine war wirklich schön. Später habe
ich erfahren, daß der Doktor eine behinderte Tochter hatte.
Das tat mir so leid für ihn, wo er doch täglich mit wunder-
schönen Babies in Berührung kam.
Im Sommer 1964 erlitt ich eine Fehlgeburt. Da das Hospital
überfüllt war, wurde ich noch nachts mit dem Taxi nach Hause gefahren. Der Taxifahrer und Theo setzten mich auf einen
Stuhl, hielten mich fest und trugen mich nach oben. Welch
eine Rawage! Am nächsten Morgen kam unser Hausarzt Dr.
Aengenendt und versorgte mich. Danach erholte ich mich
ziemlich schnell. Ich möchte noch erwähnen, daß die Fehlgeburt aus zwei Föten bestanden hat. Also in der Familie von
Theo sind Zwillinge durchaus üblich, aber bei meiner gerin-
gen Körpergroße, ich war 1,62 m groß, war das Austragen
wohl eine zu große Belastung. So erklärte ich mir mein Ver-
sagen.
Als ich mich wieder erholt hatte, machten wir Pläne für die
Zukunft.
Theo, Alfons und Käthi hatten von ihrem Vater je ein Grund-
stück zum Bau eines Wohnhauses erhalten und gleich mit
dem Bau begonnen.
Vor Weihnachten 1964 konnten wir schon einziehen. Alles
klappte prima. Das Balkonzimmer haben wir an meinen Bruder Hans vermietet. So erhielten wir ein wenig Geld und Hans
hatte ein schönes modernes Zimmer.
Nachdem Hans seine Ausbildung als Industrie-Kaufmann beendet hatte, ging er zur Bundeswehr. Nach Beendigung seiner Grundausbildung in Pinneberg kam er zum Bund nach

Goch. Dann lernte er Pili, seine spätere Frau kennen. Sie ist Spanierin. Die Hochzeit haben die beiden in Spanien gefeiert. Gisela ist inzwischen auch verheiratet.

Gerd lebt jetzt in Berlin und hat dort eine kleine Wohnung. Unser Bruder Ulrich ist nach unserem Weggang aus der DDR aus der KVP ausgetreten und studiert jetzt in Cottbus. Er hat dann das Bauingenieur Examen gemacht und bestanden.

Er bekam einen Sohn. Seine Frau, Lilo, besuchte uns mit dem Kleinen einmal. Das war noch vor dem Mauerbau. Später haben wir sie nicht mehr gesehen in Goch.

1966 übernahm Theo von seinem Vater das Fuhrgeschäft. Wir fuhren beide zur IHK nach Krefeld, um das Geschäft anzumelden. Aber so einfach ging das nicht, ohne kaufmännische Kenntnisse. Man verlangte von Theo, eine mündliche und schriftliche Prüfung als Geschäftsführer abzulegen. Da ich zwei Jahre Handelsschule in Torgau, mit Abschluß, besucht hatte, besorgte ich mir Unterlagen dafür die Prüfung und fuhr dann mm März 1966 nach Krefeld und legte die Prüfung ab. Ich war die einzige Frau unter den Prüflingen und als ich meine Unterlagen abgegeben hatte, wurde ich als Erste rein gerufen und saß dann mehreren Herren gegenüber. Auf meine Frage, warum man mich zuerst rein gerufen hatte, war die Antwort: "Weil sie am besten leserlich geschrieben haben. War eigentlich ganz lustig. Ich erhielt sofort meinen Schein als Geschäftsführer unseres Unternehmens.

Unser neues Geschäft lief gut. wir konnten vom Einkommen gut leben, die Kredite an unsere Eltern zurückzahlen und sogar noch etwas sparen. Die Zeit verlief wie im Fluge. Jetzt ging schon unser Uli in die Schule. Ute jetzt zum Kindergarten zu schicken war die Frage. Aber ich entschied mich dagegen. Zurzeit gab es noch keine ausgebildeten Erzieherinnen und was mein Mädchen brauchte, konnte ich ihr am besten selbst vermitteln.

Mit 5 Jahren, also 1967 konnte ich Ute schon zur Schule anmelden, weil sie mit 5 Jahren wirklich schon reif dafür war. Es klappte alles sehr gut. Bis zum Jahr 1968 hatten wir noch kein Fernsehgerät. Im Spätherbst haben wir dann so einen Apparat gekauft und brauchten nicht mehr zu Kathi und Rudi, wenn wir mal einen Film sehen wollten. Gegen Abend saß ich dann oft vor dem Fernsehgerät und stellte fest, das Fernsehen für mich doch nicht so gesund war. Kurz, ich konnte keine Zigarette mehr vertragen. Natürlich schob ich meine Unvertraglichkeit auf das Fernsehgerät. Aber eigentlich war meine Entscheidung, nicht mehr zu rauchen, doch sehr gesund. Gesund für zwei Leute, denn es wurde festgestellt, daß ich schwanger war.

Tante Mariechen rief uns an und teilte uns mit, daß die Oma, also Papas und Tante Marias Mutter gestorben war. Es hat mich sehr traurig gemacht.

Meine liebe Oma, die mich von meiner Geburt an so liebevoll begleitet hat. Viele schöne Stunden habe ich in Omas Gesellschaft verbracht. Ich erinnere mich gern an meine Schulzeit in Kalisch, als ich in den Wintermonaten bei Oma und Opa in Pension war. wie oft fragte sie: "Na Christel, brauchst du was aus der Stadt?" Und nur für ein Schulheft oder ein paar Buntstifte ließ sie die Kutsche anspannen und wir fuhren in die Stadt.

- Und jetzt ist sie tot - Welch eine Leere! -

Am 19.3.69 habe ich meiner lieben Susanne das Leben geschenkt. Es war ein ruhiges Wetter, aber auf den Straßen lag Schnee. Für den Milchmann der hier täglich vorbeikam, war das sehr lästig. Na ich habe die Susi im Gocher Krankenhaus gekriegt, und zwar in dem Neuen. Das war so eine lustige Geschichte. Im Jahr 1968 war das neue Hospital zu Ende gebaut und die Patienten des alten Hospitals zogen um. Ich stand mit meiner Schwägerin Christel aus Asperden, an der

Mühlenstraße und wir beobachteten die Aktivitäten. Ich weiß noch genau, was ich zur Christel sagte: "Weißt du, das neue Krankenhaus ist richtig schön, ich möchte da mal drin liegen, aber nicht krank sein." Und nun lag ich drin, krank war ich ja nicht, sondern putzmunter, und für eine Siebenunddreißigjährige richtig glücklich und wohlauf. So Susi, das zu deiner Geburt.

Im Jahr 1969 sind die Amerikaner auf dem Mond gelandet. Tolle Sache, aber längst nicht so wichtig wie meine Familie. Wir 5 waren richtig glücklich. Es machte Uli und Ute Spaß mit Susi im Kinderwagen spazieren zu gehen. Sonntags besuchten wir oft meine Eltern am Leonhardusplatz. Die haben sich immer riesig gefreut.

1970 habe ich Uli in der Realschule angemeldet. Damals war sie noch im alten Gymnasium untergebracht. Aber es wurde eine neue Realschule gebaut. So entstand ein riesiger Gebäudekomplex ganz in unserer Nähe.

Uli konnte von hier aus gut zu fuß zur Schule gehen.

Susi entwickelte sich sehr gut. Am 19.3.1970 haben wir ihren ersten Geburtstag gefeiert. Das Jahr verlief normal, bis ich vor Weihnachten feststellte, daß Susi so komisch lief. Sie beugte sich immer nach vorn. Eine Weile habe ich das beobachtet und ging dann mit ihr zum Arzt. Der vermutete, genau wie ich, eine Blinddarmentzündung. Und genau vor Weihnachten durfte ich das arme Würmchen ins Krankenhaus bringen. Das war ein Theater, als ich sie allein ließ.

Zu Hause standen wir vier dann, umarmten uns und jammerten um den kleinen Schatz. Wir durften sie nicht besuchen und ich konnte nur einen Teddy an der Tür für sie abgeben. Aber das Fest war uns verdorben durch das Fehlen der Kleinen. Kurz: Es war zum damaligen Zeitpunkt nicht erlaubt, die Kranken auf der Kinderstation zu besuchen. Als wir Susi dann nach Hause holten, verhielt sie sich eigenartig, so als hatte sie kein Vertrauen mehr zu uns. Sie gehorchte nicht und war richtig dickköpfig. Dieses Verhalten hat sich mit zunehmendem Alter noch mehr ausgeprägt. Schade eigentlich! Wie viele kuschelige Gelegenheiten sind mir dadurch verloren gegangen! Na ja, ich hatte ja noch meine beiden anderen Kinderchen und natürlich meinen allerbesten Ehemann. Übrigens habe ich erst nach vielen Ehejahren festgestellt, daß er ausgesprochen schöne Beine hat. Seine schön geformten Hände habe ich gleich von Anfang an bewundert. Das konnte man gut sehen, wenn er das Lenkrad des Treckers umklammerte.

Im Herbst 1971 haben wir uns entschlossen, nach Berlin zu reisen, und zwar mit Mann und Maus. Gerd gewährte uns ein Unterkommen in seiner Wohnung.

Aber zu damaliger Zeit fuhr man nicht so einfach nach Berlin. Wir fuhren also mit der Bahn nach Hannover und flogen von dort mit einem französischen Flieger nach Berlin-Tempelhof.

Ich erinnerte mich genau: Zuletzt war ich am 27.09.54 auf diesem Flughafen. Das sind jetzt 17 Jahre her. Damals war ich aus der DDR geflüchtet und konnte nur mit dem Flieger aus Berlin raus. Mein Gott, ist die Zeit schnell vergangen. Der Gerd hat uns dann mit dem Auto von Tempelhof abgeholt. Ich habe den Kindern und Theo von der Westseite die Mauer gezeigt. Wir haben das Brandenburger Tor und den Reichstag gesehen. Wir sahen die Siegessäule und die Kaiser Wilhelm Gedächtniskirche.

Eigentlich waren unsere Kinder noch zu klein für diese gewaltigen Sehenswürdigkeiten. Uli war gerade elfeinhalb, Ute neun Jahre und Susi 2 Jahre.

Zu jenem Zeitpunkt nahm ich mir vor, noch öfter nach Berlin zu fahren, auf welche Art auch immer. Ich kam einfach von der Faszination, die diese Stadt auf mich ausübte, nicht los.

1973 war für unsere Familie ein ereignisreiches Jahr. Unser lieber Bruder Hans wurde von der Bundeswehr in den diplomatischen Dienst genommen und verließ mit seiner Familia das schone Goch. Hans war von nun an Adjutant des deutschen Botschafters in Chile und wurde in Santiago de Chile stationiert. Das hieß er bekam ein schönes Haus in der Stadt und alles Umzugsgut wurde dorthin gebracht. Auf Fotos haben wir gesehen, daß es dort sehr schön war. Sie blieben vier Jahre in Chile.

Inzwischen besuchte uns unser Bruder Ullrich. Es war das erste Mal. Es war im 12. Jahr nach dem Bau der Berliner Mauer. Papa war gerade 70 Jahre geworden. Leider wurde er krank und mußte ins Krankenhaus. Es gibt noch Fotos von uns allen, die ihn dort im Hospital besucht haben.

Zu jener Zeit gab es autofreie Sonntage. Das hieß es durften nur Versorgungsfahrzeuge unterwegs sein. Sicher wollte man Öl sparen und die Umwelt schonen, aber schon bald gab es keine autofreien Sonntage mehr und alles lief weiter wie bisher. 1974 wollten wir den Ullrich in Leipzig besuchen. Wir nahmen unseren Uli mit. Die Mädchen ließen wir bei Mutti und Papa. Uli sollte mal die DDR kennen lernen. Mit 15 Jahren brauchten wir für ihn noch kein Westgeld gegen Ostgeld einzutauschen. Da der Umtausch immer 1:1 geschah bedeutete das für uns einen schönen Verlust.

Mein Gott, hatte sich hier alles verändert. Alles sah so oll aus. Es sind seit meinem Weggang aus der DDR doch erst 20 Jahre vergangen. Na vielleicht würde sich ja noch alles ändern. Jedenfalls wollten Theo und ich die Stadt noch mal besuchen.

Im Januar 1975 verstarb unsere liebe Mutsch. Zuletzt war es ihr gar nicht mehr gut gegangen. Sie hat so viel mitgemacht und alles verarbeiten müssen. Am meisten hat sie unter der Flucht aus dem Osten und der DDR gelitten. Das Schlimmste war eigentlich die Zeit dazwischen. 9 Jahre in Proschwitz haben ihr ganz schön zugesetzt. An ihrem Grab habe ich mir geschworen, wenn sie auch unser liebes Masuren nicht hat wieder sehen dürfen, Heimaterde von dort werde ich ihr bringen. Vielleicht wird man später einmal wieder dorthin fahren dürfen.

Jetzt, nach der Beerdigung von Mutti habe ich unserem Uli erlaubt, zum Trost für Papa, ein paar Tags bei ihm zu schlafen. Das hat Uli gerne gemacht und wenn ich ihn nicht wieder zurückgeholt hatte, war seine Versetzung ins nächste Schuljahr gefährdet gewesen, denn gelernt hat er erstmal gar nicht. - Papa wollte auch nicht zu uns kommen. Es war schon sehr traurig.

Schlimm war, daß Papa versuchte, krank zu werden. Er ging z.B. ohne Jacke nach draußen. Er wollte einfach der Mutti folgen.

Noch im Jahr darauf starb auch Papa. Ich habe ihn noch im Hospital liegen sehen und ihn zum Abschied geküßt. Sein Gesicht strahlte richtig. Endlich war er da, wo er hingewollt hat.

Für uns war es zu traurig: Die beiden Ollschen waren nicht mehr da. Ich schreib einfach nicht mehr weiter!

1977 kehrt Hans mit seiner Familie aus Chile nach Deutschland zurück. Er wird von nun an in Stuttgart wohnen und bleibt bei der Bundeswehr.

Unser Uli besucht nach Beendigung der Realschule die höhere Handelsschule in Goch und fängt anschließend eine Lehre zum Groß- und Außenhandelskaufmann bei der Firma Sack in Kleve an. Später muß er zum Bund nach Pinneberg. Anschließend verpflichtet er sich für zwei Jahre, des Geldes wegen. Dann kehrt er zu seiner Ausbildungsfirma zurück.

Nachdem Ute die Realschule beendet hat, besucht auch sie die höhere Handelsschule für ein Jahr und geht dann, um das Fachabitur zu machen, nach Kleve. Ute will studieren und Lehrerin werden. Leider gibt es keine Studienplätze dafür und so entschließt sie sich Ökotrophologie zu studieren. Das bedeutet Ernährungswissenschaft. Sie beendet das Studium mit dem Vermerk Diplom Ökotrophologin zu sein. Ich bin richtig stolz auf sie. Leider gibt es in unserer Gegend hierfür noch keine so ausgeschriebenen Arbeitsplätze.

Im Frühjahr 1981 wird Theos Vater krank! Es fängt mit einer Lungenembolie an. Er hat sehr starke Schmerzen in den Beinen und so wird er ins Hospital gebracht. Hier geht es ihm auch nicht besser, denn seine Beine werden mittlerweile nicht mehr durchblutet. Er leidet höllische Schmerzen, so dass die Ärzte ihn überzeugen können, die Beine amputieren zu lassen. Schließlich läßt er die Amputation zu, erfährt dadurch aber keine Besserung. Seine Kinder leiden mit ihm und sind hilflos solchen Qualen gegenüber. Schließlich erlöst ihn der Tod. Opa Alfons stirbt am 6.6.81 achtundsiebzigjährig und hinterläßt eine große Lücke.

Unser liebes Ütchen heiratet 1985. Sie bekommt die Jungen Jan 1987 und Henrik 1991. Später wird diese Ehe geschieden. Ute zieht dann mit den Jungen nach Emmerich, wo sie 2001 den Bernd heiratet.

Von Susi gibt es zu berichten, daß sie bis 1985 die Realschule Goch besucht hat. Dann macht sie eine Ausbildung zur Erzieherin an der bischöflichen Berufsfachschule in Geldern. 1989 war sie fertige Erzieherin und bekam auch gleich eine Stelle. Sie hat nacheinander in Kessel, Wissel und Nütterden im Kindergarten gearbeitet. Man war sehr zufrieden mit ihr und natürlich war ich sehr stolz auf sie.

1995 heiratet Susi und bekommt 2 Söhne: 1997 den Jörn und 1999 den Berko wie so viele Ehen, wird auch Susis Ehe geschieden. 2002 zieht sie in eine separate Wohnung nach Goch.

1993 heiratet Uli die Frauke, sie bringt einen Jungen mit in die Ehe. Er heißt Sven.

1994 wird ihr gemeinsamer Sohn Florian geboren.

Ich will gern von unseren gelegentlichen Reisen schreiben. Selten genug waren sie ja. 1989 bittet uns Onkel Ullrich, nach Berlin zu kommen. Ich fahre diesmal mit unserem Uli. Wir treffen meinen Bruder in Ostberlin. Er will, daß wir Ostgeld mitnehmen und bei uns in Goch eintauschen, aber das ist uns zu gefährlich. Gefängnis wäre die Strafe, falls man uns erwischen würde. Schließlich nehmen wir einen Koffer mit guten Sachen mit, die Ulli von Mutti aus Goch bekommen hatte. Im "Palast der Tränen" werden wir kontrolliert, kommen aber gut durch die Sperre. Gut, daß unser Uli mal gesehen hat, wie die Ostdeutschen uns kontrollieren. Mit einer französischen Maschine sind wir wieder vom Flughafen Tempelhof nach Düsseldorf zurückgeflogen. Leider hat Gerd im Krankenhaus gelegen und uns nur den Schlüssel für seine Wohnung während unseres Berlinaufenthaltes überlassen. Hoffentlich sehen wir ihn bald wieder und zwar gesund!

Im Herbst 1989, nach Ulis und meiner Rückkehr aus Berlin, werden wir zur Beerdigung von unserem Vetter Heinz Pyko erwartet. Die findet in Essen statt. Ute fährt mit mir dort hin. Dort treffen wir auch unsere Cousine Brunhilde, die ich vorher nicht gekannt habe.
Nach unserer Rückkehr aus Essen erscheint plötzlich mein Bruder Ullrich aus der DDR. Er hat die Einreiseerlaubnis zum Begräbnis von Heinz Pyko nachträglich erhalten. Natürlich bleibt er gleich hier im Westen, er wollte ja sowieso abhauen. Ich gehe mit ihm zu den Amtsstellen und kann ihm sogar eine kleine Wohnung besorgen.
Dann nimmt alles seinen Lauf und normalisiert sich.
Als am 9.11.89 die Berliner Mauer eingerissen und entfernt wird, habe ich zufällig das Fernsehgerät eingeschaltet. - Mein Herz rast, ich bin furchtbar aufgeregt und rufe meine Schwester Gisela an und sage: "Schau schnell ins Fernsehen, in Berlin wird die Mauer eingerissen." Gisela bemerkt meine Aufre-

gung und rät mir, sofort meine Herztabletten zu nehmen. Sie warnt mich nachdrücklich und meint, ich könnte sonst einen Herzinfarkt kriegen. Also nahm ich die Medikamente und schaute weiter, was sich in Berlin tat.

1990 hielt ich es nicht mehr aus. Ich wollte unbedingt nach Berlin und Theo war so lieb und fuhr mit mir in meine liebste Stadt der Welt.

In einem Westberliner Cafe trafen wir Tante Gisela mit ihrem zweiten Mann. Ihr Sohn Eckehard mit Frau war auch dabei. Tante Gisela ist die Witwe von Onkel Hans, dem Bruder meines Vaters. Natürlich unterhielten wir uns über Ostpreußen und die ehemalige DDR. Hierbei stellte ich fest, daß Tante Gisela sich nicht so gut an alte Zeiten erinnern konnte wie ich.

Jetzt, wo die Grenzen offen waren konnte man auch mit dem Bus eines Reiseunternehmens nach Ostpreußen fahren. Dreimal haben wir so eine Fahrt gemacht. Unsere erste Fahrt nahm für die Hin- und die Rückfahrt je zwei Tage in Anspruch. Unser Ziel war Nikolaiken. Hier nahmen wir uns einen Taxifahrer, der gut deutsch sprechen konnte. Er fuhr uns nach Johannesberg, wo wir bis 1940 gewohnt hatten. Ich zeigte Theo den tiefen See Dunai. Die Ziegelei gab es nicht mehr. Ich zeigte ihm auch das Gebäude in dem damals meine Schule untergebracht gewesen ist.

Bei einem zweiten Masurenbesuch brachte uns der Taxifahrer nach Gorlau. Hier war Mutti 1907 geboren. Ihr Elternhaus stand noch, aber es war ziemlich heruntergekommen. Wir haben uns beide vor dem Gebäude fotografieren lassen.

Mein Gott, war hier alles verwahrlost.

Bei unserer dritten Ostpreußenfahrt schauten wir uns die "Wolfsschanze" an. Das war der Ort, wo man vergeblich ein

Attentat auf Hitler verübt hat. Per Zufall fanden wir den Ort und die Ziegelei "Ebenfelde". 1936, ich war gerade vier Jahre alt, als wir hier gelebt haben. Hier hat Papa eine kurze Zeit als Zieglermeister gearbeitet. Jetzt bot mir der Geschäftsführer die Ziegelei an, ich sollte sie übernehmen und führen. Die Arbeiter, vorwiegend Frauen freuten sich über meine kleine Geldspende für einen Kasten Bier. Eine kleine Weile stand ich an der Treppe, die mich damals 1936 vor dem wilden Gänserich gerettet hatte. Wo ist die Zeit geblieben?

Da wir immer mit Reisegesellschaften nach Masuren gefahren sind, sorgten die für unsere Unterkunft und verschiedene Veranstaltungen. Ich erinnere mich gern an unsere Schifffahrt auf dem Nikolaiker See. Wir haben auch den Spirdingsee gesehen und sind durch Lyck gelaufen. Dort am Bahnhof stiegen wir in die Kleinbahn mit Endstation Kalinowen ein. Unterwegs hielt der Zug in Borschimmen. Hier wurde ich 1932 geboren.
Es wurde jetzt ein Foto auf dem Bahnhof mit dem Ortsschild "Borschimmen" mit mir im Vordergrund gemacht.
Als wir dann mit dem Taxi im Kreis Lyck unterwegs waren, lasen wir auch mal das Ortsschild Kutzen. Hier in Kutzen hat 1903 mein lieber Papa das Licht der Welt erblickt. Das ist jetzt etwa 90 Jahre her. Und immer, wieder merke ich, wie wahnsinnig schnell die Zeit vergeht und man kann gar nichts dagegen tun. Wir müssen versuchen, das Beste daraus zu machen. Mal sehen, ob uns das gelingen wird.
Jetzt wollte ich mal sehen, ob das letzte Wohnhaus von Oma und Opa in Regelnitzen im Kreis Lyck noch stand. Zuletzt war ich mit Papa im Jahr 1940 da. Das ist jetzt mehr als 50 Jahre her. Leider stand das Haus nicht mehr. Ich war richtig traurig, denn mir fielen die vielen Besuche ein, die ich hier mit meinem Vater gemacht hatte. Dabei habe ich immer auf den Gepäckträger seines Fahrrades sitzen müssen. - Ein letzten

Blick schickte ich noch über den See und die Klattka, die wie eh und je an längst vergangene Zeiten erinnerte. Das kleine Backhaus, damals schon ein wichtiges Bauwerk, für die Leute, die keinen eigenen Backofen hatten, stand noch. Es sah strahlend weiß und gepflegt aus und war ein letzter Gruß, den mir Regelnitzen hinterher schickte. Schade, daß Mutti und Papa diese Fahrten nicht mehr mitmachen konnten.

Sie sind viel zu früh gestorben. - Für ihr Grab in Goch habe ich masurische Erde und Steine mitgenommen.

Auf unserer Rückreise ins Rheinland kamen wir durch das ehemalige Westpreußen. Hier schauten wir uns ausgiebig die Marienburg an. Sie hat uns sehr beeindruckt und Zuhause haben wir Uli, Ute und Susi davon vorgeschwärmt.

Eine unserer nächsten Fahrten sollte nach Polen gegen. Das Ziel waren die Orte Kalisch und Blaschki. - Die Reisegesellschaft fuhr bis Breslau.

Wir mieteten uns ein Taxi. Der Fahrer sprach ausgezeichnet deutsch, Er hieß Christoph Jannowitz. Wir haben also Blaschki, das früher Schwarzau geheißen hat, wieder gesehen. "Unser Wohnhaus wurde gerade abgerissen, da es hier gebrannt hatte. Eigentlich sehr schade. Das Häuschen ist mal sehr hübsch gewesen.

Die Ziegelei mit Ringofen und allen Betriebsgebäuden war schon abgerissen. Nur der riesige Schornstein stand noch da. Ich fragte einige Leute nach unserem Marian. Leider war der liebe Kerl tot. Genauso seine Frau.

Wir erhielten dann die Adresse von seiner Enkelin, die haben wir dann besucht. Eine sehr liehe Frau mit Mann und zwei Kindern trafen wir an. Sie hat uns Fotos von Marian und seiner Ehefrau Marianne gegeben.

Nach unserem Besuch bei Marians Enkelin fuhren wir nach Kalisch. Ich habe unseren alten Bushahnhof wieder gefunden und das Haus in welchem zuletzt unsere Schule untergebracht gewesen ist. Der Tag ist wahnsinnig heiß gewesen.

Ich bin vor Erschöpfung bald ohnmächtig geworden. Wir waren froh am Abend wieder im Hotel zu sein.

Ute und die Kinder wohnten jetzt 2000 - 2001 in Emmerich, zusammen mit Bernd. Jetzt wird ein neues Haus gebaut. Viele Leute, die hier am Bernd Terhorst Weg einziehen, stammen aus Holland. Die Jungen gehen in Emmerich zur Schule. Beide, Jan und Heni, sind sehr liebenswerte Kinder. Wir freuen uns immer, wenn wir sie sehen.
Im Frühjahr 2002 wird mein liebes Ütchen krank. Man kann ihr nicht mehr helfen, obwohl sie nach Nimwegen gebracht wird. Sie stirbt ganz einfach.
Ein Schock für mich. Aber ich habe ja Diazepan. Ich bin nicht mehr ich selbst. Theo preßt immer die Lippen zusammen. Er kann nicht darüber sprechen. Das gelang uns erst nach einer langen Zeit und wenn wir allein waren. Wie mag es den beiden Jungen gegangen sein? Lieber nicht fragen. -
Nach Ütchens Tod nimmt Lambert, der Vater von Jan und Heni, die beiden Jungen nach Kessel. Sie wohnen jetzt wieder da, müssen aber bis zu den Sommerferien in Emmerich zur Schule gehen. Es war zu schlimm! Lambert packte die beiden Jungen und deren Fahrräder in sein Auto und brachte sie zu der großen Rheinbrücke nach Emmerich. Von hier aus fuhren sie mit dem Rad zur Schule. Nach dem Unterricht sollten sie mit dem Rad zu Opa Zylstra nach Qualburg fahren. Von da holte Lambert sie nach Arbeitsschluß ab und brachte sie nach Kessel. Damit wir die ganze Aufregung vergessen und uns ein wenig entspannen sollten, lud Hans uns nach Barcelona ein. Hansjakob brachte uns zum Flughafen nach Amsterdam und von dort flogen wir dann nach Spanien.
Es waren ein paar schöne und erholsame Tage und wir schauten uns vieles an. Hans uns Pili hatten ein wunderschönes Haus. Im Garten stand eine riesige Palme. wir haben uns ein paar Ableger von Agaven mitgebracht. Die Reise hat

uns gut getan und wir sind Hans uns Pili noch heute dankbar dafür.

Ich weiß nicht warum, bis heute nicht warum, wir die Kinder plötzlich nicht mehr sehen durften. Es war ein Schock.

So viel ich weiß, haben Großeltern das Recht, ihre Enkel zu sehen. Ich ging in Kleve zu einer Anwältin und klagte dagegen. Es war zu aufregend. Ich kam ins Krankenhaus, weil ich immer öfter Gallenkoliken hatte. Also die Galle musste raus. Aber jetzt war der Gerichtstermin und ich verließ für ein paar Tage das Hospital. Leider verlief der Termin zu unseren Ungunsten. Das heißt: Die Kinder "wollten uns nicht sehen."

Mach was dagegen! Ärgern war das einzige, was wir tun konnten. Der OP-Termin wurde von mir wahrgenommen und dann sollte ich mich schonen. Das habe ich auch getan, denn Zeit genug hatte ich ja.

Im Herbst 2003 verstarb mein Bruder Gerd in Berlin. Theo und ich flogen nach Berlin und trafen uns mit Hans am Flughafen Tegel. Wir hatten das gleiche Hotel und verbrachten einen langen Abend miteinander. Am nächsten Tag, der Tag der Beerdigung, von Gerd, kamen Gisela und Ralf mit dem Auto aus Neustadt-Glewe. Aus Berlin kam Giselas Tochter Angela, mit Freund so wie unsere Cousine Ruth mit Mann und Eckehard und Regina, die Kinder von Tante G. und Onkel Hans, Papas Bruder.

Gerd bekam ein anonymes Urnengrab auf einem großen Berliner Friedhof. Ich sollte noch ein paar Worte zur Erinnerung an Gerd sprechen. Das tat ich dann auch.

Dabei fiel mir ein, wie Gerd noch ganz klein gewesen ist. Er war etwa zwei Jahre alt. Es war 1939 und Papa war zum Militär eingezogen. Wir hatten gerade den 2. Weltkrieg, Deutschland hatte Polen überfallen.

Gerd vermißte den Papa schon sehr - er tat seine kleinen Hände an die Stirn, lehnte sich gegen die Haustür und jammerte: "Papa Hause kommen.".

Wir, das heißt die Westdeutschen, haben dann noch den Nachmittag miteinander verbracht. Theo und ich fuhren dann in unser Berliner Hotel. Gisela und Ralf brachten unseren Bruder Hans nach Zür, wo unser Bruder Ullrich wohnte. Hans wollte ihn besuchen. Bruder Ullrich war nicht zur Beerdigung seines Bruders Gerd gekommen.

Susanne wohnte nach ihrer Scheidung schon eine ganze Weile in Goch in der Picardie. Sie besuchte uns jetzt öfter und auch wir gingen gerne zu ihr. Einmal haben wir am Nachmittag beobachtet, wie die Kirche Maria-Magdalena einen neuen Kirchturm bekam. Es war sehr aufregend, das alles zu beobachten. Ein paar Jahre vorher hat es in Goch ein kleines Erdbeben gegeben. Da ist der alte Turm eingestürzt. Sogar die Orgel ist zerstört worden. Dieses kleine Erdbeben habe ich als Sinnestäuschung abgetan, denn unsere Ehebetten bewegten sich, als ich ins Schlafzimmer trat. Es war noch früh morgens. - Was man so alles mitmacht! Aber das Leben ging weiter und alles regelte sich oder erstmal nicht.
Bernd wohnte ja jetzt allein in dem neuen Haus in Emmerich. So freundete er sich mit Susi an, was dann zu einer ernsten Verbindung führte.
Im Herbst 2003 zog Susi mit Jörn und Berko nach Emmerich und wohnt seitdem mit Bernd zusammen. Die neue Lösung, die hoffentlich niemandem weh tat. Theo und ich fanden diese Lösung gut. -

Im Januar 2006, Theo und ich standen gerade hinten im Garten, da sprang jemand über den Zaun und lief zu uns. - Es war Jan. Er umarmte und liebkoste uns. Am 19.Dez.2005 ist er 18 geworden und hat seinen Führerschein gemacht. Jetzt durfte er selbst entscheiden, was er tun wollte. Seine erste Entscheidung war zu unseren Gunsten ausgefallen. Was schreib ich hier lang rum. Glücklich waren wir, daß wir endlich unser Enkelchen in die Arme schließen konnten. Mit der Zeit kam auch Heni zu Besuch.

Über alle Schul- und Kommunionsfeiern unserer Enkel schreibe ich nicht. Das ist alles friedlich abgelaufen.

Die nächste Feier, zu der ich persönlich eingeladen worden bin, fand nicht in Goch statt. Ich wurde zu meiner Diamantnen Konfirmation 2008 nach Dommitzsch an der Elbe eingeladen. Damals, als ich 16 Jahre alt war wurde sie hier gefeiert. wir sind also, Theo und ich, mit der Bahn hingefahren. Zimmer hatte ich telefonisch bestellt, gleich in der Nähe der Kirche.

Es war alles sehr feierlich und die Kirche brechend voll. Schließlich feierte man gleichzeitig die Goldene Konfirmation. Wir wurden namentlich aufgerufen, gingen zum Altar und bekamen den kirchlichen Segen sowie das Abendmahl. Als nach dem Gottesdienst die Leute die Kirche verließen, gingen auch Theo und ich auf den Platz vor der Kirche. Plötzlich rief jemand: "Fräulein Weidhofer, Fräulein Weidhofer".

Wir gingen dorthin und trafen zwei Frauen, die sich als Erika und Ina vorstellten. Mein Gott war ich aufgeregt. Es sind meine ehemaligen Schülerinnen aus der 3. Klasse der Zentralschule Dommitzsch, die ich in der Zeit von 1952 bis 1953 unterrichtet habe.

Sie beide und noch viele andere aus der 3. Klasse haben den Segen der Goldenen Konfirmation erhalten.

Anschließend haben wir alle mehrere Stunden im Saal einer Gaststätte gefeiert und den Tag ausklingen lassen. Fotos wurden auch gemacht. Ich war regelrecht glücklich, einen so schönen Tag erlebt zu haben.

Am nächsten Tag sind Theo und ich wieder mit der Bahn nach Hause gefahren. Ich dachte noch lange an diese Begebenheit zurück. Es hat mich für ein paar Stunden wieder 20 Jahre alt werden lassen. Auch dafür danke ich Gott.

Im Spätherbst erfuhren wir, daß Theos Bruder Bernd und Peter sehr krank waren. Sie sind innerhalb von 2 Tagen beide gestorben. Es war schon sehr traurig und wir haben uns dann überlegt, solange noch ein paar Leute von unserer Familie lebten, mal alle „zusammen zu kommen".

Da sich im kommenden Jahr Theos und meine Eheschließung am 2o.6.59 zum fünfzigsten Mal jährte, bot es sich an, unsere Goldhochzeit mit all' unseren lieben Verwandten und Freunden feierlich zu begehen. Das taten wir dann auch. Zum 3. Mal benutzten wir dafür die Kirche "Mariae Himmelfahrt" in Marienbaum.

Über unsere Silberhochzeit habe ich nicht geschrieben. Ist ja auch längst vorbei.

Aber diesmal war es schon etwas Besonderes. Susi hat sich um alles gekümmert. Die Kirche war schön geschmückt. Wir sind von unserem Neffen Ralf mit einem schönen Mercedes mit tollem Blumenschmuck zur Kirche und dann zum Asperdener Lokal "Zum Schwan" gefahren worden. Es waren alle da, die wir geladen hatten, außer meiner Schwester Gisela und meinem Bruder Ullrich.

Unser ganzes Leben ist uns dank Susis Recherchen noch mal vor Augen geführt worden. Mein Gott, war die Zeit schnell vergangen. Nur Ütchen hat uns gefehlt. Aber diese Leere werden wir immer empfinden.

Gott sei´s gedankt, daß mit unseren anderen beiden Kindern alles in Ordnung ist. Wir freuen uns immer, wenn wir sie sehen und hoffen, dass es noch lange so bleiben möge.

Das sind meine letzten Eintragungen in mein Tagebuch".
Goch, den 9. September 2010

Zeitfracht Medien GmbH
Ferdinand-Jühlke-Straße 7
99095 Erfurt, Deutschland
produktsicherheit@kolibri360.de